COLLECTION

Cascade

plus, elles vont être en retard. Maman est toujours en retard.

Dans l'appartement tout vide, le soleil n'entre pas beaucoup. Juste une petite tache dorée sur la moquette, près de la table où traîne encore le couvert du petit déjeuner.

Tiens, la coupe de fruits est restée, Double-Martin y jette un coup d'œil : Sido a fini tout le raisin ! Et maman n'a pas eu le temps de ranger sa tasse de café. Il observe, près de la soucoupe, la serviette qui traîne, dépliée, avec une trace de rouge à lèvres...

Un petit tour dans la cuisine, que Mimi a déjà désertée. Là non plus, rien de bien nouveau. Martin inspecte le frigo : viande froide, salade, reste de purée dans un plat, sac de poires qui doivent être glacées : un coup à se faire mal aux dents, pense-t-il en lâchant la porte blanche qui se ferme avec son bruit doux de caoutchouc mou... Le couloir. La salle de bains : peignoirs à gauche de la porte, et toute la camelote de toilette. La salle de bains n'est pas drôle. Martin l'a déjà fouillée mille fois.

Reste le salon et la télé ; Martin l'allume sans trop y croire. La troisième chaîne est toute brouillée, de plus en plus déréglée.

Sur la deuxième, une grosse dame explique des recettes de cuisine : Beurk ! La cinq donne un feuilleton idiot.

« Voyons voir... », pense Double-Martin en s'affalant sur le canapé. Mais très vite, il se relève : « Non, vraiment, le premier jour des vacances, je ne vais pas rester planté devant la télé ! Impossible ! »

Il éteint, attrape son blouson, sa clé, une banane, un bout de pain, claque la porte, dévale l'escalier, et le voilà dans la rue. Il y flotte une odeur spéciale. Odeur de la ville au creux de l'hiver, odeur de Noël qui approche...

Ragaillardi par l'air frisquet, le pied léger dans ses baskets rouges, Martin vient d'avoir une idée : « Tiens, j'ai deux francs dans ma poche, ça me donne une bonne idée : je vais aller embêter Termite ! »

Aujourd'hui, Martin n'est pas en rage. Il se sent décidément maussade. Il repense au bulletin lamentable qui traîne au fond de son cartable. Presque tous ses contrôles du trimestre sont en dessous de la moyenne. Avec comme bouquet final une bulle. « Louis XI », que voulez-vous qu'un Martin de dix ans raconte sur ce pauvre vieux Louis XI...

– Pff, pis d'abord, y a pas que Louis XI dans la vie, pas vrai, Mimi ? demande Double-Martin à son chat qui vient s'aventurer par là.

Mais pour toute réponse, Mimi s'étire et, soucieux d'éviter les ennuis, se dirige vers la cuisine. Même Mimi le laisse tomber ! Double-Martin se sent abandonné. Tous ses copains sont occupés : Victor est à sa leçon de violon. Antoine attend de lointains cousins qui viennent visiter la tour Eiffel... Quel programme ! Quant à Bertrand, son meilleur ami, il est parti une semaine au ski ! Il y en a qui sont vraiment vernis !

Et pas moyen de se rabattre sur Sidonie. La sœur de Martin a mal aux dents : maman l'a emmenée chez le dentiste. Elles sont parties comme des furies à onze heures moins cinq pour onze heures... Une fois de

CHAPITRE I

L'histoire commence un mercredi.

Ce matin-là, Double-Martin s'ennuie. Pourtant ce sont les vacances : Paris est au mois de décembre. Dans la rue, les lumières de Noël brillent, clignotent et scintillent. Maussade, Double-Martin les regarde, le nez appuyé sur la vitre où la pluie d'hier a laissé des traces. Plein de traces tristes.

Double-Martin, c'est un drôle de nom. Son vrai nom c'est Martin Bécheron. Mais à force de le voir deux fois plus haut, et deux fois plus large que tout le monde, les copains l'ont baptisé « Double ». En plus, ça lui va doublement bien parce qu'on a souvent l'impression qu'ils sont deux Martin Bécheron.

Le Martin de la plupart du temps, c'est le type le plus gentil de la bande. Mais quelquefois, il se met en colère. Et là, on dirait quelqu'un d'autre : un grizzli piqué par trente-six abeilles en folie ! Il rogne, il cogne, il bastonne. Mieux vaut ne pas traîner dans le coin...

Couverture : Anne Bozellec
ISBN 2-7002-1090-5
ISSN 1142-8252

FANNY JOLY

DOUBLE MARTIN CONTRE POISON ROSE

ILLUSTRATIONS DE MICHEL RIU

RAGEOT - ÉDITEUR

CHAPITRE II

L'épicerie de M. Termite est un endroit très bizarre. Aussi bizarre que M. Termite.

Un jour, quand Martin était petit, Maman en a parlé à Mme Dupuy, la concierge du numéro 8, qui est toujours au courant de tout. Martin se souvient encore de la phrase de la vieille femme, appuyée sur son balai brosse :

– Croyez-moi, madame Bécheron, depuis vingt ans que je suis dans le quartier, je dis que cet homme-là, c'est un homme mort !

Longtemps après cette confidence, Martin sentait encore un pincement chaque fois qu'il longeait l'épicerie Termite. Mais aujourd'hui, c'est bien fini. Martin a grandi. Il n'a plus peur de l'épicier ni de son épicerie.

Du dehors, on dirait toujours que c'est fermé, que la boutique est en faillite, ou que le patron est parti en vacances depuis un temps infini. Mais non ! M. Termite est là ! Il est même toujours, toujours là.

Chaque matin, en partant en classe, Martin le voit, la tête appuyée sur les bras et les bras appuyés sur le comptoir, tapi au fond de sa boutique sombre, avec sa grosse figure toute triste, son vieux béret et sa blouse grise, devant ses boîtes de conserve et derrière sa vitrine à fromages où il range aussi les yaourts et un peu de charcuterie.

Seul, toujours seul derrière sa vitrine défraîchie, M. Termite ne sourit jamais. Même pas un signe de la tête pour montrer qu'il vous reconnaît.

Et puis il ne dit pas « bonjour », ni « au revoir », ni un mot gentil. M. Termite parle seulement quand il ne peut pas faire autrement. Et surtout, il est triste tout le temps. Sans que personne ne sache pourquoi, ni comment...

À tel point que le grand pari, entre Martin et les copains de l'école, c'est à qui fera sourire Termite... Avec un super gros lot pour celui ou celle qui parviendra à découvrir la raison de sa tristesse.

Double-Martin a parié son stylo à quatre couleurs, Victor, sa calculatrice toute neuve, et Jérôme, sa tirelire pleine.

S'ils ont tous misé aussi gros, c'est qu'au fond, aucun d'eux ne croit que quelqu'un réussira. Ils connaissent trop le vieux grincheux dans le fond de son épicerie sombre. Ils ont, tous, tout essayé : arriver seul, arriver en bande, acheter quelque chose, ne rien acheter, se taire, parler, harceler l'épicier de questions, piocher dans les rayons, raconter des blagues... Et des dizaines, des vingtaines de fois, ils se sont fait rembarrer par la grosse voix monocorde et triste...

Mais pour un mercredi creux, tenter de faire sourire Termite, c'est quand même plus excitant que somnoler devant la télé, non ?

En tournant le coin de la rue, Double-Martin aperçoit l'épicerie. Le store gris aux montants rouillés, chahuté par le vent, noirci par les fumées, maltraité par les pluies, claque et tremblote comme un drapeau déchiqueté.

Au-dessus de la porte, dans un bandeau, ces deux mots, à moitié effacés par le temps et les intempéries : MAISON TERMITE.

La porte, quand on la pousse, émet un « gliiing... gliiing... » plaintif, pour appeler l'épicier. Mais l'épicier n'a pas besoin qu'on l'appelle puisqu'il ne quitte jamais sa place. Comme d'habitude, il est là, la tête appuyée sur les bras et les bras appuyés sur le comptoir...

D'un ton exagérément enjoué, Martin commence le jeu habituel :

– Comment allez-vous, m'sieur Termite ?

L'œil bouge à peine. La bouche reste close et n'émet, bien sûr, aucun son.

– Ça boume, aujourd'hui, vous êtes de bon poil ?

Le père Termite fixe le lointain, comme s'il n'entendait rien.

– C'est quand je viens, que ça vous rend triste ? insiste Martin.

– Allez, ça va... marmonne l'épicier, agacé.

Martin sent qu'il faut changer de sujet :

– Alors, m'sieur, vous avez du nouveau dans les caramels, ces jours-ci ?

Sans un mot, l'épicier désigne un bocal, sur une étagère, là-haut.

– Hé, m'sieur, ils ont l'air tout vieux : vous m'en vendez vingt-quatre pour le prix de deux ?

Sous le béret, la grosse tête fait un mouvement de refus très net. Martin est à court d'idées...

– Rraaahhh ! Vous êtes pas marrant, m'sieur Termite !

Le silence retombe comme du plomb sur le vieil homme et le garçon. Quelle poisse !

Jamais personne ne réussira à le dérider, ce vieux grognon ! Sans beaucoup d'espoir, Double-Martin lance cette ultime question :

– Monsieur Termite, pourquoi vous êtes triste ?

Dans l'épicerie silencieuse, quelque chose vient de bouger : le vieux a quitté son comptoir. Faisant mine de s'intéresser au bocal de caramels, Martin, stupéfait, le regarde à la dérobée. Traînant ses savates, il s'engouffre à travers le rideau miteux qui donne sur l'arrière-boutique. Le tissu, une guenille de couleur indéfinie qui a depuis longtemps oublié son motif de fleurs défraîchies, s'écarte, le temps d'un éclair.

Derrière, Martin aperçoit un incroyable fouillis. Mais le rideau retombe trop vite. On n'entend plus que le bruit que fait Termite en farfouillant dans ses affaires.

Qu'est-ce qu'il peut bien chercher dans sa mystérieuse tanière ? Va-t-il surgir en brandissant un fouet ? Des menottes ? Un fusil ? L'imagination de Martin va bon train...

Mais, déjà, le vieux revient. Et Martin reste sur sa faim : Termite a juste un papier rose à la main, et l'air embarrassé soudain.

– Écoute, petit gars, je t'attendais, prononce l'épicier de sa voix rogue, en regardant fixement par terre.

Sortant en sursaut de ses pensées, Martin bafouille :

– Co...co... comment ?

Et voilà Termite qui se lance dans un discours où tout se bouscule :

– Écoute, mon gars, écoute, voilà... J'ai une lettre à aller chercher. Alors, je me suis dit : si l'un des lascars vient traîner par ici ce mercredi, je vais lui demander de me garder la boutique, le temps que j'aille à la poste. C'est toi qui es venu, c'est toi qui restes : tu t'assieds là, et tu ne bouges pas. Tu ne touches à rien de rien, surtout. Et si un client entre, tu lui dis de revenir une autre fois.

Termite a parlé drôlement vite, sans quitter son air sinistre. Il s'est débarrassé de ce qu'il avait à dire comme d'une corvée : il en est tout essoufflé. De sous son comptoir, il extirpe un anorak hideux et noir. Il l'enfile et se dirige lourdement vers la porte, sans un regard.

Le vieux ne semble pas attendre de réponse de la part du « lascar ». Double-Martin, de toute façon, est hors d'état de

MAISON TERMITE
PATES HACHOU
ZUT
LESSIVE
ILLITÉ
PROMOTION
CAFE
LENTILLES
DEVAIR
SPAIC
SUCRE EN POUDRE
JAVEL LA

dire un mot. C'est la première fois de sa vie qu'il voit Termite du haut en bas, (d'habitude, seule la tête à béret dépasse au-dessus du vieux comptoir) et qu'il l'entend parler au moins une minute d'affilée. Ça fait vraiment un drôle d'effet !

Avec son affreux anorak sous lequel on voit sa blouse grise tachée, son pantalon dix fois trop court, ses chaussettes jaunâtres en tire-bouchon, et ses bottillons éculés, Termite a une allure de fou ! L'air grave, il quitte les lieux en marche arrière et adresse à Martin un salut presque militaire.

« Gliiing... gliiing... » la porte se referme déjà. Termite n'est plus là.

CHAPITRE III

« Bon sang que ce type est bizarre, murmure Martin en se retrouvant seul au milieu de l'épicerie, pourvu que personne ne vienne ! Heureusement, la poste n'est pas loin, et puis le vieux fou va se dépêcher, il est bien trop pressé de rentrer. »

Mais il a beau se raisonner, Martin n'est pas vraiment tranquille. « Si ça se trouve, tout ça c'est un piège. Et me voilà tombé dedans, comme le dernier des imbéciles », ne peut-il s'empêcher de penser. « Mon Dieu, et s'il venait des voleurs, qui braquent la caisse, revolver au poing ! J'aurais l'air malin ! »

De plus en plus inquiet, il ouvre le tiroir-caisse et fait l'inventaire de ce qu'il contient : un énorme trousseau de clefs, un vieux carnet corné avec un crayon attaché, un peu de monnaie de dix et vingt centimes, une dizaine de pièces de un franc, et un seul billet de cinquante francs... « Oh ! la la ! C'est pire que tout ! pense le malheureux Martin, quand les gangsters ne trouvent pas assez de sous, il paraît que ça les rend fous, qu'ils se vengent sur le premier pauvre type qui leur tombe à portée de la main. Manque de bol, le pauvre type, c'est moi ! »

Pour essayer de se rassurer, Martin se force à faire le tour de la boutique en sifflant *Auprès de ma Blonde*. Cette mélodie a le pouvoir de le mettre de bonne humeur, d'habitude. Mais aujourd'hui, ça ne marche pas.

« Ce que cette épicerie peut être triste, elle me fiche le cafard, songe-t-il ; pourtant, une épicerie, normalement, c'est un endroit gai, alléchant, plein de pyramides de boîtes multicolores, de rayons qui regorgent de biscuits, de crèmes, de bonbons, de chocolats appétissants, d'étalages de légumes et de fruits qui font venir l'eau à la bouche... Mais ici, c'est tout le contraire ! Il y a de quoi vous couper l'appétit, à voir ce comptoir à peine éclairé, ces étalages mal rangés, ces marchandises flanquées n'importe où, sans ordre et sans goût : un cageot d'endives sur un baril de lessive, un régime de bananes au milieu des éponges, les raviolis sous l'eau de Javel, la crème de marrons à côté des bonbons... et ainsi de suite dans les moindres recoins... »

Dix minutes se sont écoulées depuis le départ de l'épicier. Martin a fait trois fois le tour du propriétaire... Sans rencontrer aucun gangster. Aucun client non plus, d'ailleurs ! Peu à peu, Martin a moins peur. Il commence même à s'ennuyer ferme :

« Si jamais quelqu'un se présente, j'essaie de lui vendre plein de trucs. Comme ça, quand Termite va revenir, il sera content de voir sa caisse remplie... Et peut-être qu'il me proposera de partager le fric moitié-moitié, qui sait ? »

Enthousiasmé par cette idée, l'épicier en herbe regagne son comptoir, et s'assied bien en face de la porte, pour ne pas risquer de rater l'entrée de son premier client.

CHAPITRE IV

Trois quarts d'heure s'écoulent et rien ne se passe ! Vissé derrière son comptoir, Double-Martin commence vraiment à trouver le temps très, très long. Les idées les plus saugrenues se mettent à germer dans sa tête.

« Qu'est-ce qu'il peut bien fabriquer, ce vieux fou ? Il s'est peut-être fait arrêter, kidnapper, prendre en otage ? »

Soudain, un aboiement strident le fait se redresser d'un bond. La porte miaule son « gliiing-gliiing » plaintif... Ce n'est pas Termite.

C'est une dame très grande, très blonde, que Martin ne connaît pas. Elle tient, serré dans ses bras, un minuscule pékinois dont la face plate et renfrognée est surmontée d'une minuscule couette qui ressemble à un jet d'eau...

Martin a si fort attendu l'arrivée de sa première cliente qu'il ne sait plus comment commencer. Bon sang, que cette dame est élégante ! L'idée lui vient de l'attaquer par un chouette baise-main, comme Papa le lui a appris, une fois, avec tante Eugénie. Il s'approche. Il prend son élan. Il saisit la main dans le gant. La dame pousse un petit cri de frayeur et recule en sursautant. Et voilà l'idiot de pékinois qui se lance dans une rafale de jappements foudroyants.

– Alexander, je vous prie, cessez de crier, chéri !

« Alexander, quel nom pour un chien », songe Martin, impressionné, en regardant la dame bécoter la truffe aplatie de son toutou. Il s'avance, un peu courbé. Il sent une boule dans sa gorge. Grosse comme une balle de tennis. Ou peut-être même comme une mappemonde. En guise d'excuse, il grimace un sourire forcé :

– Quoi c'est ? Ou plutôt c'est quoi ? Pardon, excusez-moi, je veux dire... euh... vous voulez quelque chose ?

La belle dame lève le sourcil et répond d'un air pressé :

– Six tranches de jambon, jeune homme !

Aïe ! Aïe ! Aïe ! Ça démarre mal ! Il y a bien un gros jambon, suspendu par l'os au plafond. Martin l'a vu tout à l'heure... Mais d'abord, comment l'attraper ? Il faudrait une échelle, un lasso, un crochet ! Et puis, même s'il y arrivait, comment couper six tranches dans cette énorme masse informe ? Aucune trace, sur le comptoir, de ces grosses machines électriques qu'on voit dans toutes les charcuteries, et qui avancent magiquement dans le jambon, débitant de belles tranches appétissantes, comme des ronds de velours rose tendre.

Martin cherche une idée pour se sortir de ce mauvais pas, lorsque son regard tombe, dans un coin, sur une pile de boîtes de sardines.

– Hé ! Et des sardines ? Y a des sardines, là ! Vous en voulez pas des sardines ?

– Comment ça, des sardines ? répond la dame étonnée.

Il aimerait tant vendre quelque chose :

– Des sardines, lance-t-il, c'est drôlement chouette !

La dame le regarde de haut. Mais Martin ne baisse pas les bras :

– Je peux vous faire un rabais si vous en prenez... mettons, vingt-quatre boîtes pour le prix de douze !

– Un rabais ! Est-ce que j'ai l'air de quelqu'un qui achète au rabais ? rétorque la dame interloquée. J'ai horreur des sardines, horreur des rabais, et horreur des gens mal élevés !

– Euh... ben moi, j'aime pas les salsifis, bafouille Double-Martin, perturbé par l'effondrement de son rêve de vente mirobolante...

Mais son caractère guerrier reprend vite le dessus : il toise la cliente, et soudain, la moutarde lui monte au nez. Il ne s'appelle pas Double-Martin Bécheron pour rien !

Sa voix d'épicier poli prend des accents de grizzli :

– Bon. Quoi d'autre, à part le jambon ?

Comme par un effet de balançoire, la cliente se radoucit en croisant l'œil noir de Martin-Grizzli :

– Il me fallait aussi du savon pour le bain de mon bichon, hein mon chouchou chéri, mon bébé, mon choupinet...

Et la voilà repartie à faire des mamours à sa bête qui se trémousse de la queue à la couette.

Martin se met en quête d'une savonnette. « Il doit bien y avoir ça quelque part », se dit-il en commençant sa recherche. Il fouille les tiroirs, les étagères, les placards et même le réfrigérateur : impossible de trouver un seul morceau de savon dans la maison ! La seule chose qu'il parvient à dénicher, c'est une bombe de mousse à raser. Tant pis ! Ou tant mieux ! Peu importe ! Il se débrouillera avec ça.

Il se concentre un instant pour se fabriquer une mine de catastrophe. Puis il s'approche de sa cliente et lui lance d'un air très inquiet :

– Du savon ! Vous n'allez pas me dire que vous lavez votre chien au savon ?

La dame sursaute :

– Avec quoi voulez-vous que je le lave donc ?

Martin se penche tout près du toutou et, faisant semblant de l'examiner, en profite pour lui administrer en douce un violent pinçon au derrière. Aussitôt, le bichon attaque une nouvelle série de rugissements, encore plus terribles qu'avant, parce qu'en plus, il bave et grogne en montrant ses dents.

– Mon Dieu, Alexander, mais qu'avez-vous, mon amour ? gémit la cliente affolée.

– Ce qu'il a ? Mais c'est très simple, répond Martin d'un air savant, tandis que le chien hurle de plus belle ; c'est un chien lavé au savon ! Vous voyez comme il est nerveux ? C'est le savon qui fait ça ! Vous pouvez me croire, chère madame. Je n'aime pas les salsifis, mais les chiens, je les adore, et je les connais comme ma poche.

– Mais qu'est-ce que je peux faire contre ça ? supplie la cliente prête à tout pour calmer les nerfs de son toutou...

Super-sérieux, Martin attrape la bombe de mousse à raser :

– J'ai ce qu'il vous faut, madame : ce produit miracle, que le monde entier nous envie... Et que nous faisons venir spécialement... euh... d'Australie ! affirme-t-il en secouant l'objet comme un prunier. Un matin sur trois, vous en faites une bonne friction à cet amour d'Alexander !

Sans hésiter une seconde, Martin appuie sur la bombe et envoie une énorme gerbe de mousse sur l'animal ahuri. On dirait que toute la neige d'un toit lui est tombée dessus en une fois. Sous le choc, Alexander se tait : l'avalanche lui a coupé le sifflet ! La dame a une grimace inquiète :

– Mon Dieu, ce... ce... traitement est d'une brutalité terrible !

– C'est dur, c'est sûr, mais nécessaire, conclut Martin en baissant les yeux pour cacher son fou rire naissant.

– Ça a l'air efficace en tout cas ! On... on

dirait qu'il est tout calmé. Écoutez, je n'en reviens pas ! Comment s'appelle, cette bombe ? C'est épatant : je vais en prendre trois, décide la cliente, convaincue.

Double-Martin est vraiment déçu ! Si seulement Termite avait eu tout un stock de bombes à raser, c'était le moment où jamais de les écouler d'un seul coup et de remplir le tiroir-caisse ! Mais il a bien cherché partout : cette bombe était la seule et unique...

– J'ai été dévalisé, madame. Un produit si remarquable, vous pensez, les clients se l'arrachent ! Mais j'espère en recevoir prochainement : repassez de temps en temps, précise-t-il en bon commerçant.

– Quel dommage ! De toute manière, je prends celle-ci... Ça t'a fait du bien, n'est-ce-pas, Alexander ? s'assure la cliente auprès de son animal, qui la dévisage d'un œil mou, encore complètement ahuri par le choc qu'il a subi.

Martin la regarde sortir de son sac un porte-monnaie plein à craquer de gros billets :

– Combien vous dois-je, cher monsieur ?

Combien, combien... Vite, Martin cherche une idée de prix dans sa tête :

RIZ CANE
HÉPÉ FINES HERBES

– Euh... eh bien, quinze francs, improvise-t-il en tendant une main assurée.

Docilement, elle donne la monnaie. S'il n'était pas si fier de son coup, Martin en serait presque gêné.

– Je vous mets tout ça dans un petit sac ? propose-t-il pour se dédouaner.

– Oh merci, vous êtes trop aimable, roucoule la dame charmée.

Double-Martin enfourne la bombe encore pleine de mousse dans un sac en papier qui traînait. La cliente le remercie. Puis, très digne, elle quitte l'épicerie, portant d'une main son pékinois moussant qui s'ébroue, et de l'autre le précieux produit...

« Gli... hi... hi... hing... gli... hi... hi... hing ! » Même la sonnette a l'air de rire en les voyant sortir.

CHAPITRE V

Double-Martin a à peine le temps de ranger les quinze francs dans la caisse que la porte s'ouvre une deuxième fois. Une autre cliente vient d'entrer ! C'est une petite dame aux cheveux roux qui tient une drôle de boîte à la main. Martin ne lui a jamais parlé, mais il sait très bien qui elle est : la prof de violon de Victor. Ensemble, ils l'ont souvent croisée dans les rues du quartier...

« Elle a le même chemisier que Maman. Celle-là, je suis sûr qu'elle est gentille... » pense-t-il en s'avançant vers elle.

La cliente lui fait un sourire :

– Alors, tu remplaces l'épicier ? C'est drôlement bien de travailler pendant les vacances de Noël !

Martin se sent pousser des ailes d'épicier-modèle. Il se lance, très sûr de lui :

– Madame ! Qu'est-ce que je vous sers ?

– Oh ! la la ! Il me faut plein de choses : j'ai des amis à dîner ce soir, et je n'ai plus rien à manger dans mes placards. J'ai envie de faire de la soupe à l'oignon, suivie d'une bonne omelette, avec des spaghettis à la crème et aux lardons, puis de la salade verte, un beau plateau de fromages, et pour finir une salade de fruits, avec des biscuits. Qu'est-ce que tu en dis ?

Martin en reste bouche bée.

– Mais, mais... vous achetez souvent ici, dans cette épicerie ? demande-t-il à la dame, stupéfait qu'elle puisse s'imaginer trouver toutes ces bonnes choses chez Termite.

– Non, c'est la première fois que je viens. D'habitude, je vais au marché. Mais ce matin, j'avais trop de travail, et puis il faisait tellement mauvais !

Martin ouvre le tiroir, pour y prendre le vieux carnet corné et son crayon attaché. « Mon Dieu, pense-t-il, si j'arrive à lui vendre rien que la moitié de ce qu'elle me demande, c'est la fortune assurée. »

Très sérieux, crayon à la main, il s'approche de la cliente :

– Alors, reprenons, je note, dans l'ordre, il vous faut des oignons...

Mais à ce moment précis : « Gliiing... Gliiing... », voilà que la porte de l'épicerie se rouvre.

Avec horreur, Double-Martin voit s'encadrer dans la vieille embrasure jaunie son cauchemar de tous les matins : Rose Piquet, alias Poison Rose !

Depuis trois ans – trois ans de malheur ! – Rose Piquet et Martin Bécheron sont dans la même classe. Mais ils ne sont pas « amis de classe ». Ils sont plutôt « ennemis de classe » ! Chaque année, ils se détestent et se disputent un peu plus que l'année d'avant. Quand Rose n'accuse pas Martin d'être « rien qu'un sale copieur », c'est Martin qui accuse Rose d'être « la plus empoisonneuse du monde ». D'ailleurs c'est lui qui l'a baptisée du surnom qui a le pouvoir de la mettre dans une fureur noire : Poison Rose.

Il faut dire que Rose Piquet n'est pas une fille ordinaire. Elle a deux ans d'avance, et d'un ! En plus, elle est première en tout (ce qui est particulièrement énervant) et de deux ! Sans compter que quand on la voit, on la croirait sortie tout droit d'une chanson de Chantal Goya, et de trois !

Mais attention : il ne faut pas se fier à cette apparence trompeuse. En réalité, Rose Piquet est une fille en fer forgé. Toute mignonne et toute fluette, elle a une petite tête de poupée, des petites robes toujours ajustées, un petit nez retroussé, des petites nattes dorées parfaitement tressées. Bref, tout est petit chez elle, sauf son caractère de cochon immensément buté, et ses yeux géants de serpent qui ne s'endorment jamais. Celui qui en viendra à bout, il n'est pas né !

L'autre jour, en pleine cour de récré, Poison Rose et Double-Martin se sont battus comme des chiffonniers, hurlant et s'arrachant les cheveux pour une histoire nulle de buvard déchiré ! Ça a été si terrible que la maîtresse s'est interposée. Et quand elle leur a demandé pourquoi ils se bagarraient, Rose a dit : « J'peux pas le souffrir ! », et Martin : « J'peux pas la sentir ! » Pas un mot de plus, ni l'un ni l'autre, et c'était il y a une semaine !

Vous imaginez le malaise de Martin en voyant, plantée au milieu de l'épicerie, son ennemie, avec ses yeux verts de vipère qui semblent dire : « Mon petit vieux, tu peux te préparer à passer un mauvais quart d'heure ! »

Déjà, Poison Rose s'avance, se poste à côté de la cliente et commence à se faire remarquer. Toutes les dix secondes, elle soupire, regarde sa montre, peste entre ses dents, bien fort pour que tout le monde entende :

– Bon sang, il est presque midi... Que c'est long ! Mais que c'est long, ici !

La cliente baisse des yeux étonnés vers cette demoiselle si agitée :

– Vous êtes pressée, mademoiselle ?

Poison Rose n'attendait que ça ! Elle annonce d'un ton de crécelle :

– Horriblement pressée, madame ! Toute ma famille attend les courses que je dois rapporter pour le déjeuner ! Il me faut un kilo de carottes, du beurre, euh... de la margarine, des confitures, trois litres de limonade, euh... des biscuits au chocolat, du sucre en poudre, un morceau de gruyère, euh... de la moutarde, trois sachets de soupe, du shampooing, des bananes, euh... une glace au café, un camembert, de la chapelure, euh...

Double-Martin se rend très bien compte que Poison Rose dit n'importe quoi, qu'elle invente sa commande au fur et à mesure que les idées lui viennent. Lui qui tenait une vraie, une bonne cliente, il ne va pas se laisser faire. Il s'avance vers son ennemie, comme s'il ne l'avait jamais vue, et du ton le plus distant possible :

– Je suis désolé, mademoiselle, mais la dame est avant vous !

La professeur de violon semble presque prête à flancher :

– Vous pouvez peut-être servir la demoiselle si elle est pressée à ce point...

Mais Double-Martin s'obstine :

– Non, madame, je regrette beaucoup, cette personne est arrivée après vous, elle sera servie après vous !

La cliente sort de sa poche une liste :

– Bien, alors, avant que j'oublie, il me faudra aussi six tranches de jambon, en plus du reste, s'il vous plaît...

C'est pas possible ! Ça recommence ! Mais qu'est-ce qu'elles ont toutes avec le jambon, aujourd'hui ? Martin frôle le désespoir. Sentant la pression de la Poison qui se dandine, derrière, prête à contre-attaquer, il joue le tout pour le tout :

– Ah oui, mais non, madame. Ici, nous ne faisons pas le jambon. Nous, notre spécialité, ce sont les sardines. De magnifiques sardines. Très bien faites, très bien pêchées... Au poil, super au poil, comme sardines ! Et en plus, elles sont en réclame : je vous vends vingt-quatre boîtes pour le prix de deux ! Tiens, et si vous serviez des sardines comme entrée, pour votre dîner ?

La dame aurait l'air presque d'accord... Mais Rose n'est pas d'accord du tout. Elle s'approche de la cliente, et lui glisse à l'oreille, de son ton tout sucre tout miel :

– Méfiez-vous de ce garçon, je le connais : il est capable de vous vendre n'importe quoi ! Si c'est du jambon que vous voulez, refusez ses sardines ! Tenez bon !

L'oreille tendue, Double-Martin a presque tout entendu. Quel culot ! Mais quel culot ! Il enrage. Il écume de rage. Si la cliente n'était pas là, il la bousillerait, cette peste de Poison Rose !

Pour faire diversion, il tire un cageot qui dormait sous le comptoir. Ce sont des pommes. Il en brandit deux et s'écrie :

– Et des pommes, pourquoi pas des pommes, hein ? Une compote de pommes comme dessert ? Je suis sûr que vous aimez les pommes... Allez, je vous vends tout le cageot pour dix francs !

La dame s'approche du cageot de pommes. Elle en prend une, la porte à son nez. Elle semble vouloir se laisser tenter :

– Oui, pourquoi pas une compote de pommes ?

Mais Rose ne l'entend pas de cette oreille et claironne à la cantonnade :

– Dix francs ? Vous avez vu la tête de ces pommes ? Toutes moches, toutes molles, toutes ridées ! Moi, même gratuites, je ne les prendrais pas !

Cette fois, la cliente a reculé de trois pas. Elle dévisage tour à tour ce grand garçon qui blêmit, et cette petite blonde en furie. C'en est trop. Le col de son manteau relevé, elle a déjà la main sur la poignée de la porte d'entrée :

– Écoutez, je suis venue pour acheter à manger, pas pour arbitrer une bataille rangée ! Merci beaucoup. Je me débrouillerai...

Et elle s'en va, emportant les rêves de fortune de Martin dans son cabas vide. La porte se referme avec un « gliiing gliiing » plus plaintif que jamais.

CHAPITRE VI

– Poison Rose, vraiment, je te déteste !

– Ça tombe bien, moi aussi, Double-Martin !

Après le départ de la cliente, les mots claquent comme des fouets dans l'épicerie silencieuse.

– T'es une pauvre nulle de rien du tout, une poison en jupons ! Et tu vas décamper au galop !

Rose Piquet fixe son ennemi d'un air de cruelle victoire :

– Non mais dis donc, tu te prends pour qui ? Tu crois que t'es chez toi, ici ? Je t'embêterai tant que je voudrai ! D'abord parce que tu es bête, et puis que t'es un sale menteur, et je te signale que tu vas me payer mon buvard déchiré. Double-Martin, double-crétin ! Double-Martin, double-crétin !

En se dandinant d'un pied sur l'autre, Rose entonne la rengaine qui met Martin hors de lui. Il sent la colère monter, ses narines se dilater... C'est le grizzli qui rapplique ! Il rugit :

– Sors de cette épicerie, et vite fait !

– Alors là, certainement pas !

– Sors, ou c'est moi qui te jette dehors ! menace-t-il du haut de sa double hauteur, prêt à soulever Poison Rose, à la casser comme une brindille.

Mais Rose Piquet n'est pas le genre de fille à se laisser impressionner :

– Si tu me touches, j'appelle au secours ! Les gens de la rue vont s'amener, et je leur dirai que tu veux me tuer ! Et d'abord, pourquoi t'es là ? T'es pas épicier, que je sache !

– Je te le dirai pas, pourquoi je suis là !

– Tu me le diras parce que de toute façon, je resterai là autant qu'il faudra ! Et d'abord, où il est Termite, qu'est-ce que tu lui as fait à Termite, hein ? Qu'est-ce qui me prouve que tu ne l'as pas étouffé, assommé, fait disparaître dans sa cave.

– Je suis là parce que je travaille !

– Tu travailles ! Laisse-moi rigoler ! Je suis sûre que tu lui as fait du mal. Dis-moi où tu l'as caché ou j'appelle tout de suite la police !

Qu'est-ce que cette fille peut l'énerver ! Martin sent la tête lui tourner :

– Tu dégages d'ici, Rose Piquet !

– Elle n'est pas à toi, cette épicerie. J'ai le droit de rester autant qu'il me plaît !

– Si ! Elle est à moi pour l'instant ! Parce que Termite me l'a confiée ! hurle Martin excédé.

– Termite te l'a confiée, à toi ? Alors là, ça m'étonnerait !

– Ça t'étonnerait peut-être, mais c'est vrai !

– Qu'est-ce qui me prouve que c'est vrai ?

– Il m'a confié son épicerie, le temps d'aller à la poste, répète Martin. Et en disant cela, il réalise qu'en effet, il n'a aucune preuve de ce qui s'est dit entre le vieux Termite et lui.

– C'est pas une preuve, ça ! Je te crois pas ! D'abord la poste est tout près : il serait revenu depuis une demi-heure que je suis là !

Le pire c'est qu'elle a raison, cette poison ! C'est de plus en plus anormal que Termite ne soit pas rentré... Et encore, elle ne sait pas qu'il est parti depuis plus de deux heures !

– Fiche le camp ! Fiche le camp ! Fiche le camp ! martèle Martin, à bout d'arguments.

Rose s'en moque, elle suit son idée :

– Et admettons que ce soit vrai, il me l'aurait aussi bien confiée à moi, son épicerie. Il aurait suffi que je sois là au moment où il partait ! Et même, je suis sûre qu'il aurait préféré la confier à une fille sérieuse et propre comme moi, plutôt qu'à un type nul et bête comme toi ! Donc l'épicerie est autant à moi qu'à toi ! Et je ne bougerai pas d'ici tant que Termite ne sera pas rentré pour me dire exactement ce que tu lui as fait !

RIZ
GOLO
HÉPÉ
LESSIVE
TROUTOU
CASSEGRAIN
POIS CASSÉS
MARRONS
théTINE
50
SACHETS
50
SACHETS

CHAPITRE VII

Après cet échange cinglant, l'ambiance n'est pas au beau fixe dans l'épicerie Termite. Double-Martin a repris position derrière son comptoir. Rose a tiré un tabouret pour s'asseoir dans l'angle opposé.

Ils s'évitent du regard, muets comme deux chiens de faïence, ou plutôt comme deux roquets attendant le moment d'attaquer. On n'entend que le tic-tac enrhumé de la pendule accrochée de guingois sur le mur et qui représente la publicité d'un vieux bouillon d'avant-guerre.

Mais soudain ce silence pesant est interrompu par une sonnerie qui déchire l'air : « Ddddrrrriiiinnnngggg »... Les deux têtes se tournent vers la porte, vers la fenêtre... Est-ce un client qui vient acheter, ou Termite qui rentre enfin ? Mais non : dans l'épicerie, rien n'a bougé... Et la première surprise passée, voilà que ça se remet à sonner : « Ddddrrrriiiinnnngggg »...

Ça a l'air d'être un téléphone, pense Martin en se levant. Vissée sur son tabouret, la Poison l'observe sans bouger. Il n'a jamais vu de combiné dans la vieille épicerie Termite. D'où est-ce que ça peut bien venir ?

« Ddddrrrriiiinnnngggg » Martin se laisse guider par la sonnerie, qui ressemble à la voix éraillée de quelqu'un qui a trop fumé. On dirait qu'elle va s'étouffer avant d'aller au bout de son cri. Il entrouvre le rideau de l'arrière-boutique, cherche le bouton électrique... « Ddddrrrriiiinnnngggg ».

Ça y est. Il a trouvé le bouton. Le néon verdâtre tremblote longuement puis jette son éclairage blafard sur un incroyable bric-à-brac. L'arrière-boutique de Termite ressemble à la caverne d'Ali Baba. En moins exotique...

« Drrrriiiinnnngggg ». Et cette sonnerie qui continue ! Courageusement, Martin s'avance dans la jungle d'objets hétéroclites. Il enjambe une chaise défoncée, contourne une montagne d'emballages vides, évite de justesse une machine à écrire préhistorique, envoie valser une pile de chapeaux, shoote dans une caisse de bois vermoulu. Zut ! Le côté de la caisse a cédé. Son contenu – un flot de vieilles photos – se répand par terre aussitôt. « Qu'est-ce que c'est que ça ? » marmonne

Martin en ramassant au hasard une image sépia où des jeunes gens du temps passé rient, assis dans l'herbe, autour d'un panier de pique nique... Mais...

« Ddddrrrriiinnnggg ». La sonnerie le rappelle à l'ordre. Où se cache ce maudit téléphone ? Martin commence à être fébrile : il faut absolument qu'il décroche, avant qu'au bout du fil les gens ne raccrochent. Comme à colin-maillard, il tâtonne, soulève une canne à pêche, tire un carton à chapeau, pousse un flacon de Mercurochrome, enlève un saladier ébréché, et soudain, sous un pantalon, sa main tombe sur le combiné, antique, noir, glacial et lourd comme du plomb, cadran en ferraille piquetée et cordon en toile déchiquetée...

Vite, il décroche :

– Allô !... Allô !

À travers les grésillements, une voix féminine se fraye un chemin jusqu'à lui :

– Allô ! Y a-t-il quelqu'un du nom de Termite, ici ?

Dans la pièce, le rideau vient de bouger. C'est le serpent Poison Rose qui s'approche pour espionner. « Elle n'ose pas entrer, elle doit avoir la frousse que je la bousille dans ce petit réduit où personne ne nous verrait », songe Martin le temps d'un éclair, en observant les souliers de Rose qui dépassent du rideau, par terre.

– Y a-t-il quelqu'un de ce nom-là ou pas ? répète la voix sèche au téléphone.

Martin est déconcerté :

– Euh... ici c'est l'épicerie Termite !

– Termite Ludovic, c'est ça ?

– Alors là, je sais pas du tout, dit Martin en réalisant qu'il ne connaît même pas le prénom de Termite.

– Vous êtes de la famille ? s'enquiert la voix agacée.

– Mais qui est à l'appareil ? s'énerve-t-il à son tour.

– L'hôpital de Vaugirard, en ligne, répond la voix. On a reçu un monsieur aux urgences, il y a une heure. Il n'a aucun papier sur lui. L'infirmière a juste lu un nom sur une lettre dans sa poche : ce serait Termite Ludovic.

Martin commence à comprendre :

– C'est un monsieur avec un anorak et une blouse grise ?

– Si vous croyez que j'ai le temps de détailler les vêtements des malades ! Je suis au sous-sol, moi, au standard !

– Ah ! Ben, moi je peux pas savoir...

– Alors, connaissez-vous ce monsieur, oui ou non ? Et les papiers, savez-vous où ils sont ?

– Les papiers, quels papiers ?

– Mais la carte de Sécurité sociale et la carte d'identité : il nous les faut pour remplir le dossier !

Martin est un peu éberlué. Termite serait donc à l'hôpital ! Qu'est-ce qui a bien pu se passer ?

Sans bruit, Poison Rose s'est enroulée dans le rideau, pour écouter. Elle retient sa respiration, avide de comprendre la situation à travers les réponses de Martin.

– Allô ! Répondez, enfin ! Avez-vous les papiers ou pas ? crie la voix.

– Non, mais euh... je peux essayer de chercher... bafouille Martin avec un regard affolé au capharnaüm de l'arrière-boutique.

Chercher une carte d'identité là-dedans, c'est pire que de chercher une aiguille dans une meule de foin, un wagon de foin, un hangar de foin...

– Bien. Alors, dès que vous les avez, vous les apportez ici. Je vous donne l'adresse ; vous notez ?

– Euh... attendez, attendez, supplie Martin en se mettant à la recherche d'un papier et d'un crayon.

Bien sûr, dans ce maudit foutoir, pas de trace d'un crayon noir. Pressé par les événements, il débouche le flacon de Mercurochrome, et, se servant de la pointe du compte-gouttes comme d'un stylo à encre rouge, s'apprête à noter l'adresse sur le couvercle d'un carton à chapeaux gris pâle :

– Voilà, vous pouvez y aller !

– Hôpital de Vaugirard, 389, rue de Vaugirard, 75015 Paris.

Drôle de bloc-notes de téléphone ! Ça bavouille et ça crachouille fort. Mais Martin s'en sort. « Gling ! » La bougon a raccroché.

Dans son rideau, Poison Rose se tortille. Entre les plis du tissu couleur poussière, Martin aperçoit son œil vert : elle voudrait bien y voir plus clair dans ce coup de téléphone mystère. Vite, il glisse le couvercle du carton à chapeaux à l'intérieur de son blouson. Ça lui fait comme un bouclier. C'est affreusement inconfortable. Mais Martin est prêt à tout pour éviter que la Poison soit au courant de la situation.

Sans grand enthousiasme, il se met

ensuite à la recherche des papiers de Termite. Tiroirs, placards, armoires, tout y passe. Cinq minutes, dix minutes s'écoulent. Martin trouve tout et n'importe quoi, mais pas trace des papiers en question. Lui qui a déjà du mal à chercher ses chaussettes le matin, il se sent vite découragé !

Soudain, Poison Rose n'y tient plus : elle sort brusquement de son rideau, et, prenant l'air décontracté, fait un pas dans l'arrière-boutique :

– On peut savoir ce que tu cherches comme ça ?

– Si on te le demande, ma petite, tu diras que tu sais pas ! répond Martin du tac au tac.

– C'est Termite qui a téléphoné ?

Elle est dévorée de curiosité. Quelle délicieuse occasion de la faire bisquer :

– Non. C'est Johnny Hallyday !

D'ailleurs, il vient de renoncer à retrouver les papiers. Surtout si la Poison de service doit lui coller aux baskets ! C'est décidé : il va fermer boutique et se rendre vite à l'hôpital. Le vieux Termite saura bien lui dire où sont cachés ses papiers, et surtout, il lui expliquera ce qui s'est passé.

BERK
SANS BONBONS
SUCRE
BERK

Il éteint l'électricité, et pousse Poison Rose hors de l'arrière-boutique :

– On dégage, je ferme !

Rose le dévisage, sidérée :

– Comment ça, tu fermes ?

Sans un mot, Martin attrape le trousseau de clefs dans le tiroir-caisse du comptoir.

– Il est treize heures ! Et à cette heure-là, les épiceries ferment, figure-toi ! Toi, tu peux rester si tu veux ! Moi, je ferme à clef et je m'en vais. Comme ça, au moins, je serai sûr de ne pas te retrouver sur mon chemin ! J'ai une affaire urgente et secrète à régler !

« Gliiing », il est déjà sur le trottoir. Il essaie les clefs une à une. D'un bond, Poison Rose l'a suivi. Elle a beau être en fer forgé, l'idée de se trouver prisonnière dans l'épicerie Termite ne lui sourit guère !

CHAPITRE VIII

Une fois l'épicerie fermée, l'inquiétude s'empare de Martin : comment va-t-il faire pour se débarrasser de la Poison ? Il ne peut tout de même pas la ramener par les nattes jusque chez elle, ni l'enfermer à triple tour... L'idée lui vient, un instant, de s'enfuir très vite, en courant, pour qu'elle n'ait pas le temps de le suivre... mais non, elle serait capable de se mettre à hurler « Au voleur ! » et d'attirer des catastrophes...

Comme si elle devinait ses pensées, Rose le regarde d'un air soupçonneux. Puis elle consulte sa montre et dit simplement :

– Bon, eh bien, moi je vais retourner travailler. On a contrôle de géo le lundi de la rentrée. Tu as peut-être décidé d'avoir encore une mauvaise note. Mais moi pas !

– C'est ça, c'est ça... répond Martin, avec un délicieux soulagement.

Décidément, cette fille ne fait jamais ce qu'on attend ! La voilà qui tourne les talons, et s'en va de son pas décidé, comme un drôle de petit soldat dans son manteau rose et blanc. Plusieurs fois, Martin se retourne pour le plaisir de voir sa silhouette rapetisser, puis disparaître à l'angle du boulevard.

Enfin, il va pouvoir connaître la suite de l'histoire. Et d'abord, se débarrasser du carton à chapeaux qui le coince. Premier réflexe indispensable, apprendre l'adresse de l'hôpital par cœur : « 389, rue de Vaugirard... 389, rue de Vaugirard... »

En se répétant ces mots, il déchire le carton en morceaux qu'il laisse tomber dans le caniveau. Puis il prend la direction de la rue de Vaugirard. Il faut remonter la rue Falguière et tourner dans la rue Dalou. Mais ce qu'il n'a pas prévu, c'est qu'à l'endroit où il la croise, la fameuse rue de Vaugirard n'en est qu'à son numéro 100 ! 389 moins 100 : il n'est pas prêt d'arriver !

« Allez, ce ne sont pas 289 numéros de la rue de Vaugirard qui vont me faire reculer, moi Martin Bécheron, premier de la classe en course à pied ! »

Aussitôt dit, aussitôt fait. Double-Martin lance ses baskets rouges dans leur célèbre petite foulée.

Une demi-heure plus tard, à peine essouflé, il arrive en vue de l'hôpital. Quel impressionnant bâtiment ! Une fois passé le vaste porche, c'est grand comme une ville, à l'intérieur.

Des enfants jouent, des gens circulent, des voitures roulent, parmi des panneaux blancs et bleus qui indiquent les noms barbares des services et des pavillons : *Pavillon Duclos, pédiatrie, Pavillon Bourdette, pneumologie, Pavillon Michel, oto-rhino-laryngologie...* Beaucoup de malades en robe de chambre font une petite promenade, appuyés sur une femme, un ami, un enfant, venus leur rendre visite...

Où retrouver Termite dans tout ça ?

Heureusement, assis sur une borne, il y a un homme en casquette, plongé dans le journal du matin. Martin l'aborde :

– Pardon, monsieur, est-ce que vous savez où M. Termite est couché ? M. Termite Ludovic...

Dérangé, l'autre lève le nez :

– Comment veux-tu que je sache, mon gars ? Moi, je suis le gardien du pavillon Mazeyrat ! Tu prends la première à droite, et puis la deuxième à gauche : il y a des hôtesses, là-bas, c'est à elles qu'il faut demander ça !

C'est tout : il n'en dira pas plus. Il a déjà repris sa lecture.

– Pardon madame, est-ce que vous sauriez s'il y aurait un monsieur Termite, ici ?

Deux minutes plus tard, le nez au ras du guichet, Martin regarde tourner les immenses feuilles du registre de l'hôtesse. Miracle : son ongle au vernis rose vif pointe sur une petite ligne :

– Termite Ludovic, oui. Il est entré aujourd'hui. Pavillon Marguerite. Troisième étage. Chambre 25...

« Pavillon Marguerite... troisième étage... chambre 25... chambre 25... » Double-Martin se répète les indications de l'hôtesse en arpentant les allées, les corridors, les escaliers.

Il déteste l'hôpital. Ces murs verdâtres qui s'écaillent. Ces tas de gens habillés en blanc qui roulent ces tas de chariots branlants, portant ces tas d'instruments : pas du tout, mais alors pas du tout engageant ! Parfois, ses yeux plongent malgré lui dans des chambres où des malades remuent vaguement dans leurs lits... Et cette odeur ! Cette terrifiante odeur d'éther et de pansement ! Rien qu'à la sentir, on se sent déjà malade, et même gravement !

« Chambres 27, 26, 25... » Cette fois, le voilà arrivé ! Double-Martin respire un grand coup avant de pousser la porte. Ses yeux clignent. La chambre est sombre, sans autre lumière que celle du ciel d'hiver, à travers la grande fenêtre qui donne sur les arbres nus de la cour. Peu à peu, il discerne trois lits. Deux sont vides.

Dans le troisième, le plus près de la fenêtre, une silhouette informe est allongée, reliée à un goutte à goutte de chaque côté. Double-Martin a l'impression que ses jambes vont se dérober sous lui. Il va falloir s'approcher de près pour savoir qui gît dans ce lit. Et si ce n'était pas le père Termite ? Il avance d'un pas, recule de trois. Sur l'oreiller, la tête a bougé. Allez... Il n'est pas venu jusqu'ici pour s'enfuir comme un trouillard. Il s'avance. Sur la table de nuit, le plateau-repas est intact. D'un doigt, il tâte le bol de soupe : froid, le poisson-purée aussi.

La grosse tête triste dépasse du drap, comme du comptoir de l'épicerie. Pas de doute, c'est bien lui. Il n'a plus son béret, ses cheveux gris dépeignés se baladent sur la taie, et on lui a mis une chemise de nuit blanche brodée « Assistance publique ». Mais aucun doute : c'est vraiment lui. On dirait un vieux bébé. Ses yeux, plus tristes, plus désarmés que jamais, viennent de reconnaître Martin, comme une caméra qui filme flou, et soudain se fixe sur un point.

Quand grand'mère était très malade et qu'ils allaient la voir le samedi, maman expliquait à Martin la technique pour avoir l'air gai, même quand on est catastrophé : « poser des questions, parler, parler, raconter ce qu'on a fait dans la journée, féliciter sur la bonne mine... »

C'est le moment de mettre en pratique. Il se compose un air enjoué :

– Alors, m'sieur Termite, euh... On fait des blagues ?

Les yeux le fixent, désespérés, comme s'ils allaient pleurer.

Dans le couloir, des pas accourent. La porte s'ouvre précipitamment. Martin se retourne, et que voit-il ? Pour la deuxième fois de la journée, Poison Rose vient d'arriver, hors d'haleine, décoiffée. Comment est-elle venue jusqu'ici ? Est-ce qu'elle aurait réussi à le suivre ? Le long de sa course rue de Vaugirard, il n'a pas pensé à se retourner. Si ça se trouve, la vipère a dû lui filer le train sans qu'il s'aperçoive de rien.

Elle lui jette son regard de triomphe qui veut dire : « Je t'ai bien eu, hein, double crétin ! »

L'air pressée, elle marche vers le lit, comme si elle voulait rattraper ses deux minutes de retard. Sous le choc, Martin ferme les yeux, sentant venir le moment affreux où cette cinglée va claironner : « Hein, que c'est à moi que vous la confiez, votre épicerie, monsieur Termite ? »

Mais rien ne rompt le silence de la chambre. Martin rouvre les yeux peu à peu. Poison Rose n'a pas bougé. Elle fixe le vieux, la mine consternée. La vipère aurait-elle un cœur ? Serait-elle capable d'arrêter un instant ses manœuvres d'empoisonnement ?

Martin n'a pas le loisir de réfléchir bien longtemps à cette importante question, car Termite vient de toussoter et sa voix s'élève, mal assurée :

– Je veux que personne me voit comme ça. Ni vous deux, ni Zoé surtout. Là-bas, à mon épicerie, je veux qu'on dise qu'il n'y a plus de Termite... Je veux jamais qu'elle me voit comme ça. Toi, petit, t'as bien mes clefs. Alors tu fermes. Fermé pour toujours. Tu jettes les clefs dans la Seine. Et si elle vient, tu dis que je ne suis plus là. Que je ne serai jamais plus là. C'est trop moche, le type que je suis devenu. Je ne veux pas qu'elle me voit comme ça !

Et le voilà qui se met à sangloter pour de bon.

Mais soudain, la lumière crue de la chambre s'allume. Une grande infirmière noire toute gaie vient d'entrer :

– Ma parole, on n'y voit rien, ici ! s'écrie-t-elle en se dirigeant vers le plateau-repas de la table de nuit.

Elle n'a pas l'air contente en constatant que Termite n'a rien mangé. Elle soulève le plateau et s'approche du lit, pleine de reproches :

– Alors, on se laisse mourir de faim ? C'est pas bien, ça, c'est pas bien...

Termite, le drap jusqu'aux yeux, se garde bien de répondre. Brusquement, le regard de l'infirmière s'arrête sur les visiteurs :

– Mais dites donc, quel âge ça a, ces deux petites personnes, là ?

Sentant le danger, Martin baisse le nez. Mais Poison Rose ne se démonte pas :

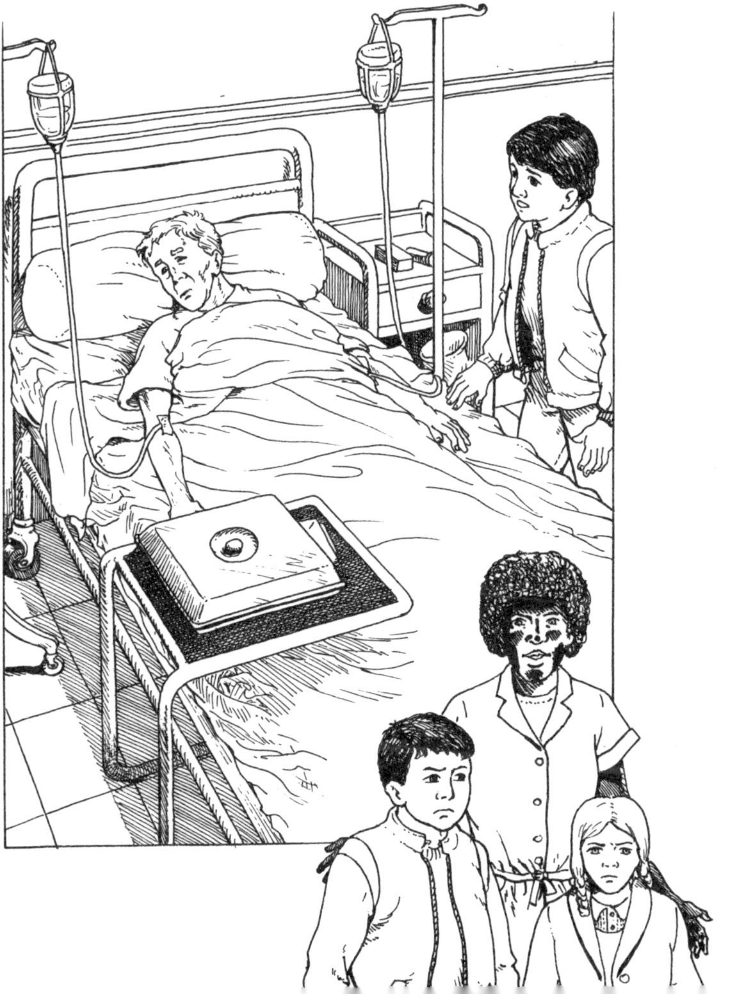

– Moi, j'ai treize ans, et lui treize et demi !

– C'est ça, et moi j'aurai sept ans jeudi, réplique l'infirmière en se fendant d'un rire qui zèbre de blanc sa bouche sombre. Manque de chance, jeunes gens, les visites sont autorisées à partir de quatorze ans, dans ce service !

D'une main ferme, elle les fait lever et les pousse dehors devant elle :

– Allez, allez, rentrez chez vous. Le monsieur est malade, ce n'est pas le moment de le fatiguer.

CHAPITRE IX

Après ce départ précipité, Martin est furieux et vexé. En plus, il n'a même pas eu le temps de parler à Termite de ses papiers ! Il retraverse les couloirs au pas de course avec une seule idée en tête : quitter l'hôpital au plus vite, et semer une bonne fois pour toutes cette Poison Rose de malheur.

Ouf, voilà la rue de Vaugirard. C'est drôle de voir que dehors la vie a continué, pendant que dans la bulle aseptisée de l'hôpital, le temps semblait arrêté. Les gens pressés vont et viennent, tête baissée... À quoi peuvent-ils bien penser ?

Martin reprend sa petite foulée. Il a hâte de rentrer. Mais derrière lui, il entend Poison Rose qui court aussi... Il accélère. Elle accélère. Il a beau faire comme si de rien n'était, il est gêné de la sentir ainsi, accrochée à ses talons. Surtout que plusieurs passants s'arrêtent pour observer leur curieux manège.

Soudain, un cri :

– Hé ! Pssst ! Hé !

Pas d'erreur, c'est elle qui a crié. Martin

accélère de plus belle, mais une main attrape son blouson :

– Hé ! Psssttt ! Bécheron ! Tu rentres à pied ?

« Elle doit avoir la trouille de rentrer de si loin toute seule. Elle peut toujours s'accrocher pour que je la raccompagne ! Tintin ! » pense Martin en se dégageant, d'un mouvement sec et violent.

Furieux, il lance sans se retourner :

– Qu'est-ce que ça peut te faire, t'es de la police, mémère ?

Poison Rose ne renonce pas pour si peu. Elle pique un sprint. Elle le dépasse. Puis elle se poste devant lui, bras et jambes écartés, pour l'empêcher d'avancer :

– Hé, t'es sourd ? J'ai quelque chose à te dire !

Les badauds, stoppés dans leur flot, trébuchent, se bousculent et protestent en regardant le duo d'un air mauvais. Martin est embarrassé : il ne peut quand même pas piétiner Rose Piquet en plein milieu de la rue. Il est obligé de s'arrêter. De son air le plus buté, bras croisés, il s'adosse contre un immeuble :

– Moi aussi, j'ai quelque chose à te dire,

figure-toi ! Comment t'as fait pour venir me coller jusqu'à l'hôpital, hein ?

– Tu crois que je vais te dévoiler mes ruses, simplement pour satisfaire la curiosité de monsieur ? Non mais tu rêves, Bécheron, mon vieux !

– Tu m'as suivi, c'est ça ? C'est ça ? hurle-t-il de toute sa voix de grizzli.

– Ha ha ha ! Tu me prends vraiment pour une débutante ! Bien sûr que non, je ne t'ai pas suivi : je suis plus maligne que ça !

– Maligne, toi ? Pauvre andouille, va : c'est à cause de toi que l'infirmière nous a mis dehors tout à l'heure ! Avec ton allure de minus, on te donne six ans, et encore ! Sans toi je serais toujours là-haut, et Termite m'aurait tout raconté !

Le visage de Poison Rose a changé. Elle prend un sourire timide et regarde fixement ses souliers :

– C'est possible ce que tu dis là, Martin. Dans ce cas, eh bien, excuse-moi, murmure-t-elle de sa petite voix.

La même petite voix très étudiée qu'elle prend en classe quand elle est interrogée, l'air hésitante, très fatiguée, alors qu'elle est en pleine forme, qu'elle connaît la leçon par cœur, et qu'elle sait très bien que le prof va lui mettre encore un vingt...

Martin n'en revient pas : n'empêche, elle a dit « excuse-moi ». Pour la première fois de sa carrière, la Poison rabaisse son caquet !

Est-ce que les vapeurs d'éther lui auraient mis la tête à l'envers ?

– Donc, tu reconnais que tu as eu tort, alors, redemande-t-il, juste pour le plaisir de l'entendre à nouveau s'excuser.

– Bon. Ce qui est fait est fait, Bécheron. On ne va pas rabâcher ça cent sept ans non plus !

Elle veut bien s'excuser une fois, mais il ne faudrait quand même pas pousser...

– Hé bien ne rabâchons pas : tu dégages et puis voilà, bougonne Martin, encore plus vexé, et décidé à reprendre son chemin.

– Non, je ne dégage pas, parce que je veux savoir ce que tu vas faire pour t'en tirer, maintenant que tu as les clefs et la responsabilité de l'épicerie Termite sur les bras.

Martin cherche vite dans sa tête quelque chose d'intelligent à dire pour paraître sûr de lui et damer le pion à la Poison. Mais rien ne vient. La vérité c'est qu'il n'a pas la moindre idée de ce qu'il va faire, en effet !

Va-t-il en parler à son père, à sa mère, à Sidonie, aller se confier à la police, à la gendarmerie ?

Les secondes passent, meurtrières... Poison Rose reprend la parole :

– Parce que moi, j'ai une solution !

Martin est furieusement intrigué par l'aplomb de la Poison. Il a le plus grand mal à garder l'air à peu près détaché :

– Alors là, ça m'étonnerait. Mais cause toujours, j'aviserai !

Les yeux de Poison Rose s'illuminent. Sa voix prend le ton du secret :

– Tu sais, sur la table de nuit de Termite, il y avait un plateau-repas. Quand l'infirmière l'a soulevé, dessous, j'ai aperçu une lettre. Je ne sais pas pourquoi, j'ai flairé que c'était ça qu'il était allé chercher à la poste. Le courrier qui a tout déclenché. J'ai regardé l'enveloppe de très près. J'ai réussi à lire le nom et l'adresse de l'expéditeur. C'est une femme. Elle est de Bordeaux. Je suis sûre que c'est d'elle qu'il parlait quand il nous a répété : « Je veux pas qu'elle me voit comme ça », et tout ça.

Martin ne comprend pas du tout où la Poison veut en venir :

– Et alors ? dit-il, intrigué.

– Ben j'ai appris le nom et l'adresse par cœur. Zoé Loiseau, 7, cours du Mail à Bordeaux. Et du coup, je te propose la trêve des confiseurs !

– La quoi ? s'exclame Double-Martin de plus en plus étonné.

– La trêve des confiseurs, andouille ! réplique Poison Rose retrouvant son ton méprisant. Tu ne connais vraiment rien à rien, toi ! La trêve des confiseurs, c'est quand les gens qui sont en guerre s'arrêtent pendant la période de Noël, histoire d'avoir huit jours tranquilles pour déguster leurs chocolats ! Ça tombe bien, Noël, c'est en ce moment ! Alors moi, je te propose ça : on signe une trêve, toi et moi, jusqu'à la rentrée de janvier. On contacte la femme de la lettre. On élucide le mystère. Et on s'occupe de la suite de l'épicerie Termite tous les deux. De toute façon, tu ne peux rien faire sans moi, c'est moi qui possède le seul indice.

– Et toi, qu'est-ce que tu peux faire sans moi, hein, je te rappelle que c'est moi qui ai les clefs !

– O.K. ! O.K. ! Je le sais bien... Pourquoi je te proposerais une trêve, hein, si je pouvais l'éviter ?

Entre les deux ennemis, la trêve commence très fort... aucun des deux n'aime avoir tort...

– Mais comment on va la contacter, cette femme qui a écrit la lettre ? demande Martin.

– Si tu es d'accord pour la trêve, d'abord, on va signer chacun un contrat de paix sur mon carnet. Après, on foncera à la poste chercher le numéro de téléphone dans l'annuaire, et on l'appellera !

Sous un réverbère de la rue de Vaugirard, Poison Rose et Double-Martin mettent donc au point, non sans difficultés, leur pacte de non-hostilité :

Je m'engage à coopérer avec mon ennemi Rose Piquet/Martin Bécheron pour l'affaire de l'épicerie Termite. Loyalement, mais uniquement sur cette affaire-là. Le 4 janvier au matin, jour de la rentrée, ce qui est écrit ici s'annulera automatiquement.

Avant de signer, Martin pose la question qui le démange des cheveux aux talons :

– Comment t'as fait, alors, pour arriver jusqu'à l'hôpital ?

– Hi ! hi hi ! Pauvre idiot... pardon, cher ami, corrige Poison Rose prudente, quand on veut jeter quelque chose de secret dans le caniveau, il ne suffit pas de le laisser tomber bêtement. Il faut le faire disparaître pour de bon par le trou de la bouche d'égout. Quand j'ai passé le coin du boulevard, je t'ai guetté sans me faire voir : je savais que le couvercle du carton à chapeaux te gênait et que tu allais le jeter. Dès que tu as tourné le dos, j'ai foncé récupérer les morceaux dans le caniveau. Tu n'y as même pas fait attention, mais il n'y avait pas d'eau, dans ce caniveau ! Les huit morceaux étaient intacts : pas une virgule effacée ! Un jeu d'enfant à reconstituer !

Quel poison, cette Poison Rose ! Double-Martin a beau être furieux de s'être montré si imprudent, il sent bien qu'il vaut mieux signer la paix, et avoir une fille comme ça avec soi que contre soi ! Sans un mot, il sort son stylo, et c'est ainsi que la trêve historique entre les deux ex-ennemis est signée, à trois heures et quart de l'après-midi ce mercredi, sous un réverbère de la rue de Vaugirard.

Aussitôt après, le duo se précipite pour la suite du plan d'action vers le bureau de poste de la rue Lecourbe.

Dix minutes au petit trot, et les voilà poussant la grande porte vitrée aux couleurs des P.T.T. Derrière, c'est une vraie fourmilière. Un bataillon de fourmis-clients, parfaitement programmés, s'affaire. Chacun porte quelque chose : un papier jaune, bleu, ou rose, ou encore un paquet ficelé. Bousculant les nombreuses fourmis agglutinées au guichet, affolant les fourmis qui remplissent des formulaires, assises aux grandes tables sous les fenêtres, Double-Martin et Poison Rose se ruent sur les annuaires.

– Où c'est Bordeaux ? s'affole Double-Martin.

Heureusement, Rose est première en géo :

– En Gironde, idiot !

Elle lui prend le bottin des mains :

– Zoé Loiseau, 7, cours du Mail à Bordeaux... Zoé Loiseau, 7, cours du Mail à Bordeaux... répète-t-elle en tournant fébrilement les pages.

Son doigt s'arrête net sur une ligne :

– Zoé Loiseau, 224, rue Sainte-Catherine à Bordeaux, 56.45.63.51. Zut, c'est pas la même adresse !

– Elle a peut-être déménagé... suggère Martin sans y croire.

– Depuis la lettre ? En si peu de temps, ce serait vraiment étonnant !

– Pourtant, il ne doit pas y avoir des tonnes de Zoé Loiseau, à Bordeaux ! C'est quand même pas courant, comme nom !

Poison Rose semble indécise :

– Qu'est-ce qu'on fait, on essaie le numéro du bottin ?

Cette fois, Double-Martin n'hésite pas :

– Un peu qu'on essaie ! Si tu n'oses pas, moi j'ose ! On n'est pas venus là pour des prunes ! Et puis de toute manière, qu'est-ce qu'on risque ?

– Et si c'est pas la bonne personne, on dit quoi ?

– T'inquiète pas, on improvisera. Mais, hé : on a de l'argent au fait ?

Vite, les poches sont fouillées à fond : Martin a deux francs et Rose cinq. Il va falloir se dépêcher de parler ! Ils s'installent dans une cabine. D'un doigt ferme et assuré, Martin met les pièces, compose le numéro. Ça cherche... ça cherche... ça sonne...

– Allô, je suis bien chez madame Loiseau ?

Une musique d'opéra saute aux oreilles de Martin et une petite voix s'égosille :

– Attendez, je baisse la musique !

Dès que les ténors sont calmés, Double-Martin va droit au but :

– Je vous appelle de Paris, vous connaissez M. Termite ?

Au bout du fil, un blanc. Puis la voix, pleine d'étonnement :

– Si je connais M. Termite !

Ça veut dire quoi, ça : oui ou non ? Martin pousse plus loin le bouchon :

– Mais vous êtes qui, sa sœur, sa cousine ?

– Et vous, qui êtes-vous, mon petit ? Vous n'êtes pas son fils, au moins ?

– Nous, on est des amis à lui.

– Hé ben moi aussi ! Enfin, peut-être ! Demandez-lui !

Dans la machine, les pièces défilent, Martin aimerait obtenir des renseignements plus consistants :

– Dites, qu'est-ce que vous lui écrivez, madame Loiseau, dans la lettre que vous lui avez envoyée ? Parce que depuis qu'il l'a reçue ce matin, il n'est vraiment pas bien !

– La lettre ? Quelle lettre, mon petit ami ? La dernière lettre que j'ai écrite à M. Ludovic Termite date de 1967, répond la voix interloquée.

– De 1967 !

Martin n'en croit pas ses oreilles.

– Alors, si vous le voyez, rappelez-lui que ça fait vingt ans que j'attends une réponse de sa part ! Mais vous me dites qu'il n'est pas bien, il ne lui est rien arrivé de grave au moins ?

– Si, il est à l'hôpital !

– A l'hôpit... bip, bip, bip !

Le téléphone vient d'avaler le dernier centime du dernier franc : la communication est coupée.

Poison Rose et Double-Martin se regardent, décontenancés : ils n'ont rien appris de nouveau, et maintenant, ils n'ont plus de pièces pour refaire le numéro à Bordeaux.

Les yeux dans la vague, tous deux ruminent, lorsque soudain le regard de Martin tombe sur la grosse horloge de la poste :

– Pétard ! C'est l'heure, ça, trois heures et demie ? Et moi qui avais rendez-vous à trois heures pour travailler avec maman !

– Et moi qui devais rapporter les courses à la mienne pour le déjeuner ! réplique Rose en écho, paniquée. Qu'est-ce que je vais prendre ! C'est de ta faute, tout ça ! Si

CAFE
BAR
TABAC

tu m'avais servi ce que je demandais, tout à l'heure, à l'épicerie, on n'en serait pas là !

– Arrête ! Tu crois que j'ai pas compris que tu demandais n'importe quoi, juste pour m'empêcher de servir ma cliente ?

Martin se met à imiter Rose :

– Des biscuits au chocolat, euh... du shampooing, euh... trois litres de limonade... Comme déjeuner, tu repasseras !

– Mon pauvre Bécheron, t'es vraiment un... réplique Rose.

Mais Martin l'arrête :

– Alors, petite tête, je croyais qu'on ne devait plus s'injurier ?

C'est vrai, il y a le pacte. Rose se mord les lèvres :

– O.K.... Mais c'est toi qui as commencé.

Ils sont tous deux trop en retard pour attaquer une discussion. A toute allure, ils se fixent rendez-vous à l'épicerie, le lendemain matin. Chacun repart dare-dare, en se demandant quel accueil il va recevoir !

CHAPITRE X

Les voilà donc, ce jeudi matin, assis tous deux au comptoir de Termite, à l'heure où d'habitude, ils se croisaient sur le chemin de l'école, l'œil haineux et le cartable au dos !

La haine n'est plus au rendez-vous. Mais le moral n'y est pas non plus ! Rose, nerveuse, pianote sur le comptoir. Martin bâille à s'en décrocher la mâchoire :

– Aïe ! aïe ! aïe ! Qu'est-ce que j'ai pris, à la maison, hier soir ! Ma mère m'a fait réviser mon cahier de géo en entier ! On y était encore à minuit. Enfin, presque !

– Et moi donc ! renchérit Rose, mes parents m'ont cherchée partout. Ils étaient à deux doigts d'appeler la police, je t'assure ! Et comme je devais rapporter les courses du déjeuner, ils ont été obligés de manger des sandwiches, pour tout arranger.

– Moi j'ai bien cru que j'allais pas pouvoir venir, aujourd'hui.

– Moi non plus ! Maman m'a répété à peu près cent cinquante fois : qu'est-ce qui se passe, Rose, c'est la première fois que tu nous fais ça. Rose, ma petite Rose, qu'est-ce qu'il y a ?

– Et comment tu t'en es sortie ?

– En disant la vérité. Et toi ?

– Moi aussi.

– Et qu'est-ce qu'ils ont dit ?

– Ils ont dit que c'était très bien de rendre service à ce vieil épicier, et qu'ils viendraient me voir ici s'ils avaient le temps, aujourd'hui. Et chez toi qu'est-ce qu'ils ont dit ?

– Ils ont dit que c'était très bien de rendre service à ce vieil épicier, et qu'ils viendraient me voir ici s'ils avaient le temps, aujourd'hui !

Ils sourient ensemble de ce bel ensemble. Mais leur sourire retombe bien vite. Pour passer le temps, Rose fait des piles avec les quelques pièces du tiroir-caisse :

– Je ne sais pas s'ils vont venir. Mais en attendant, on n'est pas dérangé par les clients, dans cette épicerie !

Double-Martin bâille une nouvelle fois :

– Baaaahhhh... Qu'est-ce qu'on se barbe, c'est abominable. Regarde bien la pendule, j'ai l'impression qu'elle n'avance pas. On dirait même qu'elle recule...

– La pendule recule peut-être, mais pas moi ! Je vais pas passer mes vacances enfermée ici à attendre ! Je veux vendre ! Vendre à tour de bras ! Je veux que l'épicerie soit pleine, bourrée à craquer de clients ! Que le tiroir-caisse déborde de pièces !

– Mais tu vois bien que personne ne vient : on ne peut pas vendre quelque chose à personne... murmure Martin, abattu.

– Bécheron, ne me fixe pas comme ça, on dirait le prof de géo quand il te regarde sécher au tableau ! Écoute plutôt. Question : pourquoi les gens ne viennent pas ? Réponse : parce qu'ils n'ont pas envie ! Deuxième question : pourquoi n'ont-ils pas envie ? Deuxième réponse : parce qu'elle est moche, cette épicerie ! Regarde-moi la tête qu'elle a : sombre, sinistre, rabougrie... Rien que l'idée d'acheter à manger ici, ça leur coupe l'appétit, aux gens ! Et je les comprends !

Cette dernière phrase à peine achevée, Poison Rose est déjà debout. Elle relève ses manches en annonçant d'un air décidé :

– C'est nous les épiciers, c'est à nous de leur donner envie d'entrer et d'acheter.

Martin bondit :

– Comment, c'est nous les épiciers !

– Puisque c'est toi qui as les clefs !

– Hé ! Je te rappelle que Termite m'a demandé de tout fermer une fois pour toutes et de les jeter à la Seine, les clefs !

– Termite, tu en as de bonnes, toi ! On ne va quand même pas écouter ce qu'il a bafouillé dans l'état où il était ! Complètement incapable de prendre la moindre décision, Termite ! On verra ça quand il reviendra. Et en attendant qu'il revienne, nous sommes les épiciers par interim... annonce Rose, parfaitement sûre d'elle.

– Et s'il ne revient pas d'ici dix jours, qu'est-ce qu'on fait, le matin de la rentrée ? Tu te vois dire à tes parents : l'école, pour nous, c'est terminé, on est devenus épiciers.

– Et s'il revient, hein, pour trouver son épicerie fermée, abandonnée, coulée, tu crois que ça va l'aider à se remettre sur pieds, peut-être ?

« Gliiing... gliiinng », cette conversation décisive est interrompue par la porte qui vient de s'ouvrir timidement... Serait-ce enfin la première cliente de la matinée ?

Rose et Martin lèvent le nez. Une tête pas comme les autres s'encadre dans l'embrasure jaunie de l'épicerie : la drôle de tête d'une drôle de vieille dame, éclairée d'incroyables yeux bleus, ébouriffée de mille copeaux de cheveux, coiffée d'un chapeau de paille fleuri d'un mini-parterre de jonquilles, au milieu desquelles se prélasse un canari qui a l'air vrai...

– Est-ce bien ici, euh... la maison Termite ? demande la dame d'une voix pointue.

Martin regarde Rose. Cette drôle de voix lui dit quelque chose. Mais Rose ne semble rien remarquer. Elle s'avance vers la dame, pleine de curiosité :

– Oui. C'est ici. Entrez, entrez...

La drôle de dame se rassérène. De sa minuscule jambe en bas gris, chaussée d'un soulier vernis jaune vif, presque fluorescent, très exactement assorti au canari de son chapeau, elle coince la porte, et, sur le trottoir, attrape une valise, un tas de paquets, et deux vastes paniers en osier. Non sans mal, elle pose le tout, et s'avance vers le comptoir, ferme et fluette dans sa petite redingote noire :

– Bonjour, je suis Zoé Loiseau.

– Zoé Loiseau ! Zoé Loiseau ! Mais vous étiez à Bordeaux, articule Martin, sidéré.

Comme hier, au téléphone, la petite voix pointue s'étonne :

– Hé oui. Hier, j'étais à Bordeaux. Et aujourd'hui, je suis à Paris.

Elle jette un coup d'œil autour de l'épicerie et murmure entre ses dents :

– Bigre, ce n'est pas reluisant !

– Vous êtes venue pour quoi au juste ? demande Poison Rose à Zoé.

– Eh bien, ma petite amie, c'est tout simple. Hier soir j'ai reçu un coup de téléphone que j'attendais depuis plus de vingt ans. Un jeune homme m'a enfin donné des nouvelles de mon ami Ludovic Termite. Et comme ces nouvelles n'avaient pas l'air bonnes, eh bien j'ai sauté dans un avion, pour venir voir mon Ludovic en personne... Est-il à l'hôpital, vraiment ?

Rose va parler. Martin l'arrête d'un bon coup de basket dans le mollet : leur seul et unique indice est venu se glisser dans leurs filets. Ce n'est pas le moment de donner des renseignements sans en obtenir en échange.

– Vous le connaissez bien ? questionne-t-il immédiatement.

– Ça, jeune homme, c'est mon affaire, rétorque Zoé, offensée.

– C'est votre affaire... c'est votre affaire... mais nous sommes les seuls à savoir où se trouve M. Termite en ce moment. On est responsables de son épicerie, et on ne sait presque rien de lui... C'est nous qui avons téléphoné hier soir. Alors dites-nous tout ce que vous savez, et on vous dira tout ce qu'on sait !

– Bonne mère ! Vous ne manquez pas de culot, vous autres petits Parisiens ! Moi, je ne demande pas mieux que de vous raconter notre drôle d'histoire bizarre. J'adore parler, de toute manière, confie Zoé en s'asseyant sur l'un de ses paniers.

Et Zoé Loiseau a parlé, parlé, parlé. Elle a expliqué comment M. Termite et elle s'étaient connus, il y a longtemps. Bien avant la dernière guerre.

M. Termite, à cette époque, était un jeune et beau garçon, sportif, gai, intelligent... Toutes les filles de son quartier avaient le béguin pour Ludo. C'est ainsi qu'on surnommait l'irrésistible Ludovic... Mais Ludovic, bien que très poli avec toutes ces demoiselles, n'avait d'yeux que pour Zoé Loiseau. Depuis le jour de leur rencontre, au collège de Bordeaux, ils étaient inséparables. Toujours ensemble. Toujours heureux du moment qu'ils étaient ensemble.

Seuls les incroyables yeux bleus de Zoé, ses cheveux en copeaux dorés, son sourire si contagieux et ses petites robes rapiécées savaient plaire à Ludovic.

De son côté, l'unique garçon auquel Zoé faisait attention était le grand Ludovic, avec ses souliers cloutés, sa gentillesse bourrue, son vieux manteau bouloché et ses tours de cartes magiques.

Pour appuyer son récit, Zoé a sorti de son panier une enveloppe de photos anciennes. Martin n'a rien dit. Mais il a tout de suite reconnu l'image sépia où des jeunes gens du temps passé rient, assis dans l'herbe autour d'un panier de pique-nique. La photo de l'arrière-boutique.

Puis, Zoé a raconté la guerre. Le départ du soldat Termite... Longtemps, elle et lui se sont écrit. Chaque matin ou presque, le facteur leur apportait une lettre.

Mais un jour, à cause de la guerre, Zoé a dû déménager. Les lettres ne sont plus arrivées. Et, après deux ans sans nouvelles, la pauvre Zoé, désespérée, croyant son Ludovic mort, a accepté d'épouser un collègue de la boulangerie où elle travaillait, à Toulon.

Plus tard, bien plus tard, elle apprit par l'un de leurs anciens professeurs que Ludovic, au retour de ses quatre années de prison, en découvrant la nouvelle du mariage de sa Zoé, avait rassemblé toutes ses économies et était parti pour Paris.

Beaucoup d'années ont passé. Zoé n'a jamais eu d'enfant avec son mari pas marrant. Elle se sentait prise en cage. Souvent, elle pensait à Ludo. Mais jamais elle n'essaya de le revoir. Elle aurait eu l'impression de commettre une trahison. Jusqu'au jour où son mari, nettement moins scrupuleux, lui annonça qu'il la quittait pour la charcutière d'à côté.

Zoé se retrouvait libre comme l'air. La porte de sa cage s'était ouverte. Depuis le temps qu'elle rêvait à la lettre qu'elle écrirait à Ludovic... elle allait l'écrire pour de vrai ! Cela lui prit deux mois et plus de cent brouillons. Mais la pire difficulté fut de savoir où l'envoyer. Annuaires, amis, anciens élèves, Termite n'avait laissé aucune trace. Le seul recoupement qu'elle put faire, était qu'il tenait une épicerie, vers le XVᵉ arrondissement de Paris.

Sur l'enveloppe, elle s'y voit encore, elle marqua donc :

MONSIEUR TERMITE LUDOVIC
ÉPICIER
VERS LE XVe ARRONDISSEMENT DE PARIS.

Et au dos, elle inscrivit son adresse à elle, afin qu'on lui retourne la lettre, au cas où elle n'arriverait pas. Mais la lettre ne lui revint jamais. Zoé fut donc persuadée que Ludovic l'avait bien reçue, et que s'il ne répondait pas, c'est qu'il ne voulait plus entendre parler de son ancienne amie préférée.

– Vous habitiez 7, cours du Mail, c'est ça, l'adresse au dos de l'enveloppe.

Rose vient d'interrompre Zoé.

– Et maintenant vous habitez 224, rue Sainte-Catherine, et ça, c'est l'adresse de l'annuaire.

Martin vient d'interrompre Rose. Zoé se tait pour de bon. Ses yeux bleus ont du mal à croire que ces deux enfants connaissent jusqu'à ses déménagements !

Martin continue son idée :

– Votre lettre a dû dormir pendant vingt

ans sous un guichet des P.T.T., et tout d'un coup, il y a huit jours, un préposé a dû la retrouver et adresser un papier rose à Termite pour qu'il vienne la chercher...

– Mais pourquoi ne pas la lui avoir distribuée avec le courrier, demande Rose, toujours pratique.

Zoé intervient, de l'air triomphant de quelqu'un qui, soudain, comprend :

– Sûrement parce que depuis le temps, elle n'était plus assez affranchie. Il devait y avoir un supplément de timbre à payer !

Dans l'épicerie, un ange passe et chacun se repasse le film de cet incroyable contretemps...

– C'est terrible, comme malentendu, soupire Rose. Depuis vingt ans, vous, Zoé, vous attendiez à Bordeaux. Et Termite attendait ici. A mon avis, c'était ça, la raison de sa tristesse...

– Et hier, pousuit Martin, votre lettre a dû lui faire un tel choc que ça l'a rendu malade !

Bizarrement, Rose et Martin semblent plus attristés que Zoé. C'est presque elle qui les console :

– Allez, allez : pas de regrets ! Dans la vie, les choses n'arrivent que lorsqu'elles doivent arriver. Mais le jour où la chance passe, pas question de la laisser s'envoler ! Je vous ai dit ce que je savais. Maintenant, c'est à vous de parler. Dites-moi tout ce que vous savez, et on va voir ce qu'on va voir !

Double-Martin et Poison Rose ont parlé, parlé, parlé. Ils ont raconté à Zoé tous les détails de l'histoire : la lettre, le coup de fil, l'hôpital... Quand ils ont eu terminé, Zoé a simplement demandé :

– C'est bien 389, rue de Vaugirard, n'est-ce pas ? Alors à demain, et bonsoir !

Et elle est partie, comme une souris noire sur le trottoir.

– Tu crois qu'elle va voir Termite ? a dit Martin à son ex-ennemie, en regardant Zoé s'éloigner.

– Ma foi, le contraire m'étonnerait !

Ils auraient tant aimé se transformer en deux minuscules souris, eux aussi, pour la suivre et savoir ce qui allait se passer dans la chambre d'hôpital...

THON
BONIX

CHAPITRE XI

Le lendemain, vendredi, Double-Martin ne s'est pas réveillé à sept heures comme les matins de classe. À chaques vacances, c'est pareil : au bout de deux ou trois jours sans la sonnerie du réveil, son sommeil s'étale, se prélasse, et déborde jusqu'à huit heures, neuf heures ou même midi. Ce matin-là, après toutes ces émotions, ça a été pire que jamais. Si Sidonie n'était pas entrée en trombe pour lui montrer le chimpanzé qu'elle venait de fabriquer en pâte à modeler, il aurait battu tous les records... dix heures moins le quart ! Oh là là ! Il bondit dans ses baskets rouges.

– Hein, qu'on dirait King Kong ? Hein qu'il t'a fait peur ? insiste sa sœur ravie, en le menaçant de son affreuse bête...

– T'as raison, Sido, il m'a fait une peur terrible. Surtout à dix heures moins le quart ! Oh la la, tu peux pas savoir !

Sidonie ne voit pas le rapport :

– Pourquoi « à dix heures moins le quart ? »

Sans même ouvrir ses volets, Martin

fouille dans son placard. A toute allure il enfile un jean, un pull, son blouson ; pique un sprint jusqu'à la cuisine ; attrape une pomme, trois biscuits, une lampée de lait à la bouteille... et le voilà qui ouvre déjà la porte de l'appartement.

Sidonie le regarde, soudain inquiète :

– Tu t'en vas ? Je peux venir avec toi ?

– Non, cocotte, je suis sur une affaire beaucoup trop délicate pour toi. Un jour, je te raconterai tout. Allez... ce soir, si t'es bien sage, je te rapporterai des caramels. Au moins quatre ! Juré !

Pauvre Sido ! Martin a un pincement au cœur en fermant la porte au nez de sa sœur. Mais ses pensées s'envolent bien vite, aussi vite que ses baskets rouges. Il dévale l'escalier quatre à quatre. Dans sa poche, les clefs de l'épicerie cliquètent. Que peut-il bien se passer là-bas ? Hier soir, ils ont oublié de se fixer rendez-vous... Rose y sera-t-elle ? Et Zoé ? A-t-elle vu Termite ou non ?

Il s'élance, passe le coin de la rue, et là, quel n'est pas son étonnement en s'entendant apostropher :

– Hé bien, Martin Bécheron, ce n'est pas trop tôt ! Votre réveil est rouillé, ma parole !

Il croit reconnaître la voix de Zoé. C'est elle, en effet. Elle est assise sur le seuil de l'épicerie, tapotant nerveusement son parapluie par terre. Rose est debout à côté, adossée à la vitrine. Zoé s'adresse à Martin d'un ton plein de reproches :

– Ça fait trois heures que j'attends ! Et votre amie est là depuis une heure et demie, dans le froid, elle aussi ! Quand on a les clés d'une épicerie, et surtout d'une épicerie où il y a autant de travail que celle-ci, on n'attaque pas la journée à dix heures passées, mon petit.

Martin est gêné. Il cherche les clés dans sa poche en baissant le nez.

– Tu aurais mieux fait de me les laisser, ces clés. Je n'ai pas de problème pour me réveiller à l'heure, moi, ne peut s'empêcher de lui lancer Rose à mi-voix, quand il passe près d'elle.

Inutile de répliquer. Ça risquerait d'envenimer le débat. Martin se contente de hausser les épaules. Puis il introduit la clé dans la serrure et pousse la vieille porte qui grince. Gliing... gliing, les grelots plaintifs résonnent dans l'épicerie vide.

À peine entrée, Zoé semble oublier sa mauvaise humeur. Elle allume toutes les lumières, referme à clé derrière elle et annonce avec entrain :

– Bon, je ferme. Inutile de laisser entrer les clients pour le moment. Nous avons beaucoup à faire avant, n'est-ce pas ?

Rose et Martin regardent Zoé. Elle a l'air déterminé de quelqu'un qui a un plan. Elle passe le doigt sur une étagère, le met à la lumière pour mesurer l'épaisseur de la couche de poussière. Puis elle reprend :

– Les enfants, je ne sais pas ce que vous en pensez. Mais pour moi, il n'est pas question de laisser l'épicerie dans cet état-là ! Ça c'est sûr !

– C'est sûr, ça, répondent les deux d'une seule voix.

– Alors, qu'est-ce que vous suggérez ? lance Zoé.

Que l'épicerie soit moche, Rose et Martin sont d'accord là-dessus, depuis le début. Mais de là à savoir quoi faire...

– Ben, euh... faudrait peut-être nettoyer...

– C'est-à-dire, euh... faudrait ranger...

Zoé est déjà debout. Elle sort de son sac une paire de gants de caoutchouc :

– Hé oui ! Il faut nettoyer, ranger, et même encore plus que ça ! Allons, du nerf, les enfants ! Remontez vos manches, préparez vos bras ! On n'en aura pas trop de six ! Dans l'ordre, on va lever les stores. Déjà, on y verra plus clair. Après, dégagement des cartons et de tout ce qui est abîmé, sale ou cassé. Puis on ouvrira en grand et on enlèvera la poussière. Même programme pour l'arrière-boutique. Ensuite, on s'attaquera aux vitres et à la vitrine. On va se bichonner la plus belle vitrine de Noël que cette épicerie ait jamais connue !

– Mais avec quoi ? Qu'est-ce qu'on mettra dedans ? questionne Rose.

– Ah, ça... c'est le plan secret de Zoé. Je vous le révélerai quand on aura tout rangé !

Aussitôt, le trio se met en quête d'éponges, de chiffons, de balais, de seaux. Ils finissent par trouver à peu près tout le nécessaire de la parfaite équipe ménagère.

– Hourrah ! crie Zoé, en déterrant du fond d'une étagère, un paquet de cent sacs-poubelle géants. Voilà l'arme absolue qui nous manquait, les enfants !

Toute la matinée, porte fermée, les trois amis trient, triment, briquent. À midi, la boutique est aérée, nette, dégagée.

Après une pause déjeuner, assis sur trois caisses à savons, autour de chips et de saucisson, ils se sentent assez de force pour affronter l'arrière-boutique. Et de la force, il en faut pour venir à bout du bric-à-brac qui s'entasse là depuis tant d'années. Ho hisse ! On pousse, on tire, on chasse les vieilleries.

Les sacs-poubelle se remplissent. Au fur et à mesure qu'ils s'en vont garnir le trottoir devant l'épicerie, l'arrière-boutique semble reprendre vie, s'ébrouer, respirer.

À six heures, le trio est en sueur... Mais l'arrière-boutique, en revanche, n'a jamais été aussi en beauté.

– Je n'en peux plus ! souffle Rose.

– Moi non plus ! gémit Martin.

Zoé relève les mèches de son chignon et sourit, fatiguée elle aussi :

– Vous avez été parfaits, les enfants. Je crois que ça suffit pour aujourd'hui. On verra la suite demain...

Avant de se séparer, ils s'offrent le plaisir d'un goûter de pain d'épice dans l'arrière-boutique nettoyée.

– Finalement, on est bien ici, murmure Rose, encore étonnée de voir le parquet ciré, la table débarrassée, les chaises propres, les lampes allumées.

Le lendemain, samedi, le grand ménage se poursuit. Dès le matin, dans l'air frisquet, le trio, sans désarmer, entreprend de lessiver à grande eau la façade. Juché sur deux chaises empilées et ficelées à défaut d'escabeau, Martin manie le balai, tandis que Rose et Zoé font la chaîne pour remplir les seaux. Peu à peu, à force de frotter, la peinture de la devanture redevient jaune. D'un jaune passé, certes, mais tout de même plus gai que le gris qui la recouvrait. Sous les coups de chiffon répétés de Rose et de Zoé, les vitres, à leur tour, voient disparaître l'épaisse pellicule de crasse qui les obscurcissait.

De temps en temps, quand elles ont trop de crampes, Rose et Zoé posent leur chiffon pour contempler le travail fait... et le travail qui reste à faire...

– Je me demande si ces vitres ont été nettoyées un jour, laisse tomber Zoé, essoufflée.

Rose et Martin sont formels :

– En tout cas, nous qui passons devant

tous les jours depuis au moins cinq ans, on n'en a aucun souvenir !

Quand sonnent les douze coups de midi, l'épicerie Termite a vraiment meilleure allure.

Après un pique-nique improvisé à base de jambon et de tomates fournis par Zoé, le plus clair de l'après-midi se passe dans l'obscurité de la cave. On y accède par une trappe aux plantes disjointes, cachée derrière le comptoir. Martin le savait. Il avait déjà vu le père Termite disparaître dans le trou noir. Pour rien au monde il ne s'y serait aventuré tout seul. Mais aujourd'hui, c'est différent. Armée de sa lampe de poche, Zoé y descend la première.

D'en bas, sa petite voix semble très lointaine :

– Hou hou ! Rose ! Martin ! Venez !

Martin regarde en bas, pas fier. Pourtant, pas question de reculer, ni même d'avoir l'air d'hésiter... Rose, qui n'a peur de rien, le prend par le bras :

– Ben alors, t'as la trouille ou quoi ?

Martin descend, courageusement. Ses jambes tremblent mais il fait si sombre que ça ne se voit pas.

Arrivé en bas, il ne regrette pas ! Quel

spectacle ! À la lueur de la lampe de Zoé la cave semble immense, voûtée, remplie de marchandises entassées. Une vraie caverne d'Ali Baba !

En quelques heures, les trois amis, comme des fourmis, en extraient toutes sortes de trésors : une ribambelle de saucissons, une demi-douzaine de jambons, un escabeau flambant neuf, des caisses d'ampoules, de savons, de mousse à raser, (« Ah ! Si j'avais su ! » marmonne Martin), des flopées de biscuits, de bocaux, de conserves, un étalage démontable, un sac plein de blouses multicolores, et même une machine à trancher ! Exactement celle dont Martin aurait eu besoin pour servir ses clientes du premier jour.

À chaque nouvelle trouvaille, Zoé bat des mains :

– Allez, allez ! On remonte tout ! Même l'étalage ! On va l'installer sur le trottoir pour faire de la dégustation de fruits ! Et je peux vous dire que les primeurs ne nous resteront pas sur les bras !

Rose et Martin sont intrigués :

– Mais quels fruits, quels primeurs, Zoé ?

Zoé prend son petit air malin :

– J'y viens, j'y viens. C'est mon plan

secret. Écoutez-moi bien, les enfants. Demain, dimanche, on se repose, chacun chez soi. On l'aura bien mérité. Mais attention, lundi on commence une nouvelle semaine ! Une vraie, une grande semaine d'épiciers ! Et comme tous les vrais épiciers, à cinq heures, on file. Direction : Rungis !

– Rungis ?

– Hé oui ! Rungis ! Les Halles de Paris !

– Mais qu'est-ce qu'on va faire là-bas ?

– S'approvisionner pardi ! Chercher tous les produits frais qui vont remplir nos étals ! Une épicerie ne peut pas se contenter de vendre des boîtes de conserve et des saucissons, non ? Il faut des fruits, des légumes, des fleurs, des fromages, des primeurs...

– Mais nos parents ? s'inquiète Rose.

– Quoi, vos parents ?

Martin poursuit :

– Ils nous laisseront jamais y aller.

Zoé n'est pas du tout de cet avis :

– Je suis sûre qu'ils vont être enchantés, au contraire ! C'est passionnant de découvrir comment Paris se nourrit, pour de vrai, au lieu de l'apprendre le nez collé dans des cahiers, dans des livres... Vos parents, j'en fais mon affaire. Demain, je leur téléphonerai. Je préfère qu'ils ne soient pas trop surpris de m'entendre venir vous chercher à cinq heures, lundi.

Martin, le lève-tard, est pris d'une frayeur :

– Cinq heures... c'est cinq heures... du matin ?

Rose, la lève-tôt, lui tape dans le dos :

– Hé oui ! Du matin, Martin ! Ça va être dur pour toi, c'est sûr ! Tâche de faire la grasse matinée demain.

C'est rare. Mais ce samedi-là, Rose et Martin ont drôlement hâte que le dimanche soit passé. Et le lundi déjà arrivé.

INSECTICIDE
SPECIAL ARAIGNEES
GATEAUX SECS.
LIVRAISON du 16/5/1960
TEAUX SECS
SIROP
PIK
CIRE

CHAPITRE XII

Dans la nuit de dimanche à lundi, Martin a très peu dormi. Il avait sans arrêt l'impression d'entendre Zoé arriver, marcher sur le trottoir, sonner... À quatre heures, il s'est levé, s'est habillé, a ouvert ses volets. La rue était déserte et noire. Il s'est assis sur son lit, à l'affût du moindre bruit...

Impossible de détacher ses pensées de Zoé et de son plan. Jusque-là, tout s'est déroulé à merveille. Zoé a téléphoné la veille, à quatre heures de l'après-midi. Les parents de Martin, qui étaient en train de lire dans le salon, ont d'abord été surpris... Mais Zoé les a convaincus. Après un quart d'heure de conversation, ils ont finalement dit oui. En raccrochant, le père de Martin a même murmuré :

– Très intéressant, très instructif...

Le soir, Martin a appelé Rose, pour avoir des nouvelles. Là aussi, grand succès de Zoé. Les parents de Rose, d'abord réticents, se sont laissés persuader. Ils sont d'accord, ravis, enchantés...

À cinq heures moins dix, n'y tenant plus,

Martin descend à pas de loup dans la rue. Il fait les cent pas, guettant intensément le feu rouge de l'avenue, lorsque soudain, la fenêtre de ses parents s'ouvre. Sa mère apparaît au balcon, inquiète :

– Martin ! Qu'est-ce que tu fais là ? Rentre, voyons ! Tu vas prendre froid !

Au même instant, un camion blanc et rouge rutilant débouche de l'avenue et s'engouffre dans la rue en klaxonnant. Martin n'en croit pas ses yeux, ni ses oreilles... Non, ce n'est pas possible ! Mais si ! C'est elle ! C'est Zoé ! Assise au volant du camion, avec Rose à côté d'elle !

À sa fenêtre, la mère de Martin observe la scène avec étonnement. Elle est plus surprise encore lorsqu'elle voit une petite dame en noir lui faire coucou par la portière en secouant son chapeau jaune vif...

– Allons, allons, bougonne Martin, pressé de partir, en se hissant sur la banquette, à côté de Rose.

Et voilà Zoé qui démarre, accrochée à son volant comme un oiseau à son perchoir. À l'arrière, par le hublot, Martin aperçoit l'intérieur du vaste camion vide, où bringuebale un seau en alu.

Mais Zoé lui lance déjà un plan de Paris sur les genoux :

– J'ai acheté le plan, heureusement ! Martin, vous serez mon co-pilote : cherchez-moi la porte d'Orléans !

– Zut, où c'est ça ? Aide-moi ! souffle-t-il à Poison Rose.

Elle qui est première en géo, elle doit savoir lire une carte. Au volant, Zoé n'a plus rien d'une petite souris discrète. Sa conduite est une catastrophe. Mais elle n'a pas l'air de s'en rendre compte. Elle se prend pour un pilote de course. Et quelle course ! Coups de volant, coups de freins, coups de klaxon et d'accélérateur se bousculent, agrémentés le plus souvent de jurons lancés par la fenêtre ouverte :

– Ben alors, bonne mère, il se croit tout seul dans Paris, lui ?

– Et son permis, elle l'a trouvé en soulevant une frite, celle-ci !

– Mais vas-y ! Mais avance ! Mais tourne ! C'est pas des bras qu'ils ont, c'est de la guimauve, bon sang de bois !

Agrippés à leur plan de Paris, Double-Martin et Poison Rose ont le plus grand mal à suivre le trajet. À chaque carrefour, Zoé les questionne :

– Denfert-Rochereau, ou Général-Leclerc ? Rraaahhh ! Les enfants, c'est vous qui habitez Paris, sapristi.

– Ben... euh... à gauche !

– Non, à droite !

– Non, tout droit !

Tant bien que mal, ils arrivent jusqu'à la porte d'Orléans et s'engagent sur l'autoroute. Heureusement, à partir de là, la direction de Rungis est fléchée. Martin et Rose peuvent souffler. Enfin, souffler est un grand mot, car Zoé, le pied sur le champignon et la main vissée sur le klaxon, ne leur laisse pas beaucoup de répit. D'autant plus qu'elle gesticule en conduisant, ce qui fait blémir Rose de peur :

– C'est Noël, vous comprenez ! À Noël, dans une épicerie, tout se vend, pourvu que ce soit appétissant ! On va rapporter des fraises, des fleurs, des délices magnifiques. À Noël, on peut tout oser.

– Au fait, vous avez vu M. Termite ? ose Martin, enhardi par les derniers mots de Zoé.

– Attention à gauche... murmure Rose, crispée.

À la question de Martin, le visage de Zoé s'est instantanément fermé :

– Ah ça, mes enfants, si vous permettez, là-dessus, je me tairai. Les sentiments, c'est trop fragile pour être déballé en public. Ssshhhttt...

Et son doigt se pose sur ses lèvres avec un sourire énigmatique. Ouf, les voilà arrivés !

– Vous avez une carte de commerçant ? demande l'employé dans sa cage de verre, à l'entrée des Halles de Rungis.

(Car aux Halles, il faut être commerçant pour avoir le droit d'acheter.)

– Nous sommes des amis de M. Termite, épicier dans le XVe arrondissement. Nous le remplaçons car il est malade, répond Zoé sans hésiter.

– C'est bien joli, mais moi il me faut les papiers, Madame...

– Les papiers, toujours les papiers. Nous n'avons pas besoin de papiers puisque nous avons ses clefs ! Montrez les clefs au monsieur, Martin ! déclare Zoé, péremptoire.

Docile, Martin brandit les clefs. L'employé regarde en souriant ce drôle de trio de commerçants. Et, hochant la tête, soulève sa barrière.

Sur le parking, ils prennent trois chariots. Rien à voir avec les caddies qu'on pousse dans les supermarchés. Ici, ce sont d'énormes plateaux à roulettes où l'on pose des cageots entiers. Car les commerçants de Paris viennent chercher d'impressionnantes quantités de marchandises qu'ils détailleront ensuite à leurs clients. C'est comme un marché géant.

– Avec quoi on va payer ? demande Rose, impressionnée.

Zoé fait un geste de la main :

– Ne vous inquiétez pas, j'ai ce qu'il faut !

– C'est Termite qui vous a donné des sous ? insiste Martin.

– Sssshhhttt. La curiosité est un vilain défaut, mon petit. Mais aujourd'hui, en revanche, la gourmandise est permise : tout ce qui vous semble appétissant, vous le prenez sans hésiter.

Et les voilà partis tous trois, empilant cageots sur cageots : fraises, kiwis, raisins, mandarines, pâtes de fruits, pâtés délicieux, menthe, mangues, noix, légumes somptueux, fromages des plus sympathiques, plateaux de pêches, de lychees, de tomates...

Deux heures plus tard, en ressortant, ils ont bien du mal à pousser leurs trois chariots surchargés. Et sur la route du retour, c'est tout juste si le camion de Zoé ne racle pas bitume et pavés.

Vraiment Double-Martin et Poison Rose ont trouvé à qui parler avec cette sacrée Zoé ! Elle leur avait promis « qu'on allait voir ce qu'on allait voir ». Ce n'était pas des bobards !

CHAPITRE XIII

C'est ainsi que dès neuf heures du matin, ce lundi, les habitants du quartier s'arrêtent devant l'épicerie Termite pour observer de plus près une scène tout à fait inédite : juchée derrière l'étalage installé sur le trottoir, Poison Rose en tablier fleuri présente des plateaux garnis de cubes de jambon, de fromages, de fruits, en débitant à tue-tête le boniment publicitaire que Zoé lui a préparé :

– Tenez monsieur, goûtez-moi ça. Vous m'en direz des nouvelles ! Quoi de meilleur qu'un beau saucisson pour démarrer un bon petit repas... Mesdames ! Regardez-moi ces fruits ! Cinq francs la livre, la livre cinq francs ! Pour les gourmands, je prépare un assortiment épatant : fraises, bananes et kiwis ! C'est la salade-de-fruits-en-kit, une exclusivité Termite !

Jamais les vieux murs n'ont vu ça : derrière Rose, les vitrines scintillent, décorées de guirlandes électriques, de branches de sapins, de superbes pyramides de légumes, de corbeilles de fleurs et de fruits. Deux, puis quatre, puis de plus en plus de clients s'agglutinent. Peu à peu, une file d'attente se forme devant l'épicerie.

Rose sert à tour de bras. Et quand les clients sont servis, elle les dirige vers l'intérieur où Zoé les attend de pied ferme, pour continuer à leur faire l'article sur tout et n'importe quoi :

– Un petit berlingot d'eau de Javel, mademoiselle ? Vous savez qu'une maison sans eau de Javel c'est comme un baiser sans moustache ? Et vous, madame, quelques kiwis ? Je suis sûre que vous allez me dire « Oui ! Oui ! Oui ! » Monsieur, une pelote de ficelle : avec ça, votre fiancée vous restera toujours attachée ! Allez, allez, vous me remercierez...

Les gens sont tellement surpris par cette drôle de petite vieille avec sa blouse grise d'où dépassent les souliers jaune canari et le chapeau assorti, qu'ils se laissent faire comme des bébés...

À la fin de leur circuit, quand ils ont les bras bien chargés, Zoé les conduit à la caisse, où Double-Martin, promu caissier mais toujours aussi nul en calcul, a de la peine à suivre le rythme :

– 3,70 plus 9,85 plus 13,75 plus 42,30...

Combien ça fait, combien ça fait, attendez, attendez, je vais trouver...

Termite n'a pas de calculatrice : il fait si peu d'affaires d'habitude. Martin se promet d'apporter la sienne au plus vite. En attendant, il compte, recompte, gomme, griffonne sur un coin du vieux calepin, encaisse d'une main, rend la monnaie de l'autre, ajoute un mot gentil quand il a le temps...

Et chaque fois que ses yeux s'arrêtent sur le tiroir-caisse en bois, son cœur bondit de de joie devant les piles de pièces, les billets qui affluent de toutes parts... « Qu'est-ce que ce sera dans deux heures, au moment de la fermeture ! songe-t-il avec délectation.

Et en effet, lorsque sept heures sonnent, et que Zoé ferme la porte derrière le dernier client, le trio n'a pas trop de trente doigts pour compter tous les sous entassés.

– Bonne mère, mes enfants, quel succès ! Quel sacré beau chiffre on a fait ! Tout ce liquide, ça s'arrose ! s'écrie Zoé en faisant sauter le bouchon d'un litre de limonade.

Bien qu'un peu abasourdis par ces quatre jours de folie, Poison Rose et Double-Martin trinquent et sourient...

Mais en fixant des yeux la pendule rouillée, qui continue d'avancer, imperturbable souvenir du temps d'avant Zoé, Double-Martin repense au vieil épicier... Zoé est-elle retournée le voir ? Comment va-t-il ? Est-ce qu'il va revenir bientôt ?

Encore une fois, il tente sa chance, et pose la question qui le démange :

– Et pour M. Termite, qu'est-ce qu'on va faire ?

Encore une fois, Zoé l'interrompt en fermant ses lèvres de son doigt :

– Ssshhhhtttt ! Ça, mon petit, c'est mon affaire !

Mardi, mercredi, jeudi, vendredi, samedi : pendant toute la semaine qui suit, le succès ne fait que s'amplifier. Zoé est de plus en plus gaie, tonique, et déterminée.

Quant aux stocks, ils baissent si vite qu'il faut retourner tous les jours chercher des approvisionnements frais...

Chaque matin, le trio a juste le temps de se retrouver, de charger, de décharger, de vendre, d'emballer, d'encaisser, de ranger, de balayer, et voilà la journée envolée sans qu'ils aient vu le temps passer.

Pourtant, Poison Rose et Double-Martin savent bien que lundi, c'est la rentrée. Il faut vraiment, et d'urgence, qu'ils parlent sérieusement à Zoé pour décider de l'avenir de l'épicerie...

– C'est à moi que Termite a donné ses clefs. C'est à moi de parler à Zoé, affirme Martin, conscient de ses responsabilités.

Le dernier soir, dans l'épicerie calme et rangée, il met sa main sur celle de Zoé qui passe un dernier coup de balai. Soutenu par le regard de Rose, il prend une grande respiration et se lance :

– Zoé, est-ce que vous savez une chose ? Lundi, y a l'école qui recommence.

Zoé les regarde en rigolant :

– Je sais, je sais, mes enfants.

– On est obligés d'y retourner, on ne pourra plus vous aider...

– Mais j'espère bien ! Vos études passent avant les amusements de vacances.

Les amusements de vacances ! Elle en a de bonnes, cette Zoé !

– Il ne s'agit pas de vacances, Zoé. Il s'agit de responsabilités ! C'est à moi que M. Termite a confié son épicerie. Et comme je ne l'ai pas revu depuis, je ne sais pas ce que je dois faire. Ni avec l'épicerie, ni avec les clés !

– Ne vous inquiétez pas : l'épicerie, je

MAISON TERMITE

BIERE SANS ALCOOL
JAMBON DE PAYS
PROMOTI SUR LES SARDIN
PATES ATI
PATES ATA
PATES IBULERE
PATES ATRAC
PATES CHOULI
CAFE

m'en charge. Et pour les clés, j'ai les doubles. Ludovic m'a dit où ils étaient.

– Mais comment vous ferez, toute seule, pour les Halles, les chargements, les clients ?

– J'en ai vu d'autres, mes enfants ! Ne vous faites pas de souci pour moi ! Vous avez été formidables. Vous m'avez magnifiquement aidée. Mais je suis capable de continuer. Et puis vous viendrez me voir souvent : comme ça je ne serai pas seule trop longtemps... Même peut-être encore moins longtemps que vous ne le pensez, qui sait ?

Sacrée Zoé ! Quelle santé ! Poison Rose et Double-Martin ne sont pas très avancés.

– Ça veut dire quoi : « moins longtemps que vous ne le pensez », M. Termite va revenir ?

– Ssshhhttt ! Vous verrez bien, petits malins ! Avant l'heure, ce n'est pas l'heure. Après l'heure non plus d'ailleurs. Et à propos, si je vous raccompagnais chez vous ? Comme ça, je serai sûre que vous arriverez à l'heure pour dîner, puisque ce soir est le dernier...

CHAPITRE XIV

L'histoire se termine un lundi. Ce premier lundi de janvier, jour de la rentrée, Double-Martin sort de chez lui. Il est huit heures. Le cartable au dos, et le moral proche de zéro, il se dirige vers l'école en pensant à ce qu'il répondra si la maîtresse demande : « Racontez vos vacances de Noël ». En tout cas, il pourra expliquer pourquoi il est décidé à faire des progrès en calcul... et en géo !

Mais après le coin de la rue, Martin repère une fois de plus une agitation inhabituelle : « Ça se passe encore chez Termite », se dit-il. Et il presse le pas.

En s'approchant de l'épicerie, Martin voit d'abord une échelle, en haut de laquelle un ouvrier est déjà en train de s'affairer. C'est un peintre. Tout vêtu de blanc, il porte d'immenses baskets flambant neuves. Avec application, il travaille sur le panneau qui surplombe la porte, traçant à la peinture qui brille dans le soleil du petit matin, de grandes lettres majuscules :

« CHEZ ZOÉ ET LUD »

En dessous, il a inscrit en tout petit :

« Anciennement : Maison Termite »

Martin s'approche encore un peu, lorsqu'une grosse voix le fait sursauter :

– Alors, on ne dit pas bonjour, Martin ?

Il lève les yeux et, stupeur, qui reconnaît-il en haut de l'échelle : MONSIEUR TERMITE en personne.

– Pas possible, m'sieur, vous êtes rentré ? bafouille-t-il, tout étonné.

– T'en fais une tête, mon bonhomme, ça n'a pas l'air de te faire plaisir, s'écrie l'épicier.

Un sourire éclaire son visage. D'en bas, Martin n'en revient pas : un formidable sourire tout simple et tout gentil. Le premier sourire de toute l'histoire de Termite. Quel dommage de ne pas avoir un appareil photo sous la main ! Depuis le temps que le pari de faire parler et sourire Termite est lancé, les copains n'ont pas intérêt à discuter : cette fois-ci, Rose et Martin ont définitivement gagné.

– C'est pas ça, mais euh... je vous croyais à l'hôpital.

– Y a pas que l'hôpital dans la vie ! J'ai des tas de choses à faire ici, moi ! Et drôlement plus intéressantes que de moisir à l'hôpital ! D'abord il faut que je vous dise merci, à toi et à ton amie Rose. Grâce à vous, ma vie est changée. Mon épicerie repart du bon pied... Et surtout, surtout, j'ai retrouvé mon amie préférée, ma Zoé. Maintenant, je vais vivre chaque jour le plus beau jour de ma vie...

Derrière la vitre de l'épicerie, Martin aperçoit Zoé en robe de chambre jaune fleurie. Elle est debout, et se chauffe les mains sur un bol qui fume. Elle sourit, elle aussi...

L'église vient de sonner le quart.

– Vas-y, tu vas être en retard. Tu reviendras nous voir ce soir. J'aurai fini la peinture. Comme ça, tu pourras admirer ton épicerie remise à neuf de la tête aux pieds, lance l'épicier.

« C'est drôle, comme tout peut changer », songe Double-Martin en reprenant son chemin, follement impatient de raconter le dernier chapitre de l'histoire à Poison Rose, son amie.

INFORMATIONS Cascade

SAVEZ-VOUS QUE...

● Les Halles de Rungis approvisionnent 10 millions de consommateurs en Ile-de-France.
En 1988, il s'est vendu à Rungis :

1 407 595	tonnes de fruits et légumes
461 774	tonnes de viandes
165 566	tonnes de produits laitiers et œufs
106 521	tonnes de poissons et coquillages
4 472 603	colis de fleurs coupées
14 861 167	plantes en pot

PETITS COMMERCES ET GRANDES SURFACES

Les petits commerçants ont bien du mal à lutter contre les grandes surfaces aux noms et slogans parfois menaçants : MAMMOUTH écrase les prix ! La vie austère, non : la vie AUCHAN. On trouve tout à la SAMARITAINE et autres CONTINENT, INTERMARCHÉ, LECLERC, CARREFOUR GÉANT, PAKBO...

Certes, on trouve tout dans ces supermarchés – y compris ce dont on n'a pas vraiment besoin et qu'on achète quand même – mais y trouve-t-on l'accueil souriant, le contact et l'intimité d'une petite boutique, ou encore le produit frais et original, fait maison...

Alors pour remplir son panier plutôt que son caddie, pourquoi ne pas aller chez :

- le boulanger-pâtissier
- le boucher
- le charcutier-traiteur
- le crémier-fromager
- l'épicier
- le primeur-fruits et légumes
- le poissonnier.

ÉPICES ET ÉPICIERS

Les épices sont des substances aromatiques comme le clou de girofle, le poivre, etc., servant à l'assaisonnement des mets. Parmi les épices les plus connues : thym et laurier, sauge, fenouil, cannelle, muscade, gingembre, genièvre, coriandre, cari, safran...

Au Moyen Age, les épices étaient aussi bien de la confiserie appelée « épices de chambre » que les aromates utilisés pour la cuisine, « épices de cuisine ». Jusqu'au XVIIIe siècle, on a mangé très épicé. Les aromates les plus employés étant poivre, cannelle, muscade et son macis, garingal, cureuma, safran, cumin, gingembre, anis, fenouil, carvi, cubèbe, sumac... Certains ne sont plus utilisés qu'en pharmacie.

SAVEZ-VOUS QUE...

La consommation de conserves des Français est, par personne et par an de :

14,9 kg de légumes
3,4 kg de tomates
3 kg de fruits au sirop
3 kg de conserves de poisson
1,7 kg de champignons

L'épicier du roi ou de la reine était un officier chargé du service des épices ou confitures.

Le commerce des épices en France fut d'abord aux mains des regrattiers. A la fin du XIIIe siècle naît le corps des épiciers, réunis en apothicaires-épiciers à la fin du XVe siècle, la deuxième des six corporations marchandes majeures de la ville de Paris après les drapiers. Ils ont la garde des étalons des poids et mesures dite « le poids du roi ».

Aux XVIIe et XVIIIe siècles, leur commerce s'étend aux confitures, cierges, bougies... jusqu'à l'alimentation générale comme de nos jours et tous les comestibles.

SAVEZ-VOUS QUE...

La vente au détail s'effectue :

- en grande surface : supermarché, hypermarché (3 263 magasins en 1987) ;
- chez les petits commerçants : Supérette, Coop, fruits et légumes, boucherie, poissonnerie, vins et boissons, confiseries, etc. (125 102 magasins en 1987).

MUSÉES ORIGINAUX

Vous pouvez visiter le Musée de la Poste, 34, boulevard de Vaugirard, 75015 PARIS et 5, rue du Général-Sarrail, 75016 PARIS.

Il existe aussi des musées de la Poste à Caen (Calvados), Nantes (Loire-Atlantique), Saint-Macaire (Gironde), Marcq-en-Barœul (Nord), Riquewihr (Haut-Rhin), Toulouse (haute-Garonne), Amélie-les-Bains (Pyrénées-Orientales), Saint-Flour (Cantal), Amboise (Indre-et-Loire).

SAVEZ-VOUS QUE...

Il existe plus de 17 000 bureaux de poste en France qui acheminent environ 17 milliards d'envois dont 10 milliards de lettres.
En 1987 chaque Français a, en moyenne déposé 91 lettres ou cartes postales, 110 plis non urgents et 7 paquets.
Un préposé aux postes dessert environ 800 habitants et près de 185 000 objets et lettres par an.

SAVEZ-VOUS QUE...

Andorre et le Groenland sont les deux seuls pays où le courrier local est gratuit.
L'enveloppe a été inventée au XVIIe siècle. Avant, la lettre était pliée et cachetée à la cire. Au XVIIIe siècle, la lettre sous enveloppe paye une taxe supplémentaire.
Les Français qui ont le moins de chemin à faire pour aller à un bureau de poste sont ceux de Paris (1 bureau pour 0,6 km^2), ceux qui en font le plus sont les habitants des Alpes de Haute-Provence (1 bureau pour 73 km^2).

L'AUTEUR

FANNY JOLY a six frères, une sœur, un mari, trois enfants et un stylo. Avec ce stylo, et aussi avec un ordinateur qu'elle aime presque autant que son vélo, Fanny Joly écrit des sketches et des pièces de théâtre pour sa sœur Sylvie, des campagnes pour la publicité, et beaucoup de livres pour les enfants.

Elle en a publié une quarantaine, dont *Double Martin contre Poison Rose* qui a obtenu le Prix de l'Académie « J'aime Lire » 1991, le Prix du livre le plus drôle de l'année Beaugency 1991, et le Prix de la ville de Toulouse 1991).

L'ILLUSTRATEUR

MICHEL RIU est né à Paris en 1956 mais ses racines sont catalanes. Après quatre années d'études de dessin à Bruxelles, il revient dans la région parisienne. Il se consacre alors particulièrement à la bande dessinée et fait paraître quelques albums.

Il fait aussi des illustrations pour différentes revues de jeux de rôle et depuis peu de temps se passionne pour le livre de jeunesse.

COLLECTION

Cascade

7 - 8

L'ABOMINABLE GOSSE DES NEIGES
Alain Surget.

AU PAYS DES BANANES ET DU CHOCOLAT
Karin Gündisch.

COMMENT DEVENIR PARFAIT EN TROIS JOURS
Stephen Manes.

DRÔLES D'ANNIVERSAIRES
Dian C. Regan.

UN FANTÔME EN CLASSE VERTE
Sandrine Pernusch.

LE FILS DES LOUPS
Alain Surget.

UN KIMONO POUR TADAO
Yves-Marie Clément.

LOULOU LA MENACE
Chantal Cahour.

OPÉRATION CALEÇON AU CE2
Catherine Missonnier.

PETIT FÉROCE CHAMPION DE LA JUNGLE
Paul Thiès.

PETIT FÉROCE DEVIENDRA GRAND
Paul Thiès.

PETIT FÉROCE EST UN GÉNIE
Paul Thiès.

PETIT FÉROCE N'A PEUR DE RIEN
Paul Thiès.

PETIT FÉROCE S'EN VA-T-EN GUERRE
Paul Thiès.

PETIT FÉROCE VA À L'ÉCOLE
Paul Thiès.

LA PISTE DES CARIBOUS
Annie Paquet.

POMME A DES PÉPINS
Béatrice Rouer.

QUI A VU LE TURLURU
Alain Surget.

LE SERPENT D'ANAÏS
Gabrielle Charbonnet.

SITA ET LA RIVIÈRE
Ruskin Bond.

LA SORCIÈRE EST DANS L'ASCENSEUR
Paul Thiès.

SUPERMAN CONTRE CE2
Catherine Missonnier.

LE TRÉSOR DES DEUX CHOUETTES
Évelyne Brisou-Pellen.

TRUCS À TROQUER
Marie-Noëlle Blin.

VACANCES SORCIÈRES
Catherine Missonnier.

LE VILLAGE DES SINGES
Yves-Marie Clément.

LE VRAI PRINCE THIBAULT
Évelyne Brisou-Pellen.

9 - 10

UNE AMIE GÉNIALE
Sandrine Pernusch.

AU BOUT DU CERF-VOLANT
Hélène Montardre.

AU SECOURS MÉLUSINE !
Yvon Mauffret.

LES AVENTURES D'UN CHIEN PERDU
Dagmar Galin.

BILLY CROCODILE
Yves-Marie Clément.

LES BRACONNIERS DU ROI
Paul Thiès.

CHUT... SECRET DE FAMILLE
Marie Dufeutrel.

CLAIR DE LOUP
Thierry Lenain.

CLASSE DE LUNE
François Sautereau.

LA DOUBLE CHANCE DE JULIETTE
Françoise Elman.

DOUBLE MARTIN CONTRE POISON ROSE
Fanny Joly.

ELSA ET ANTONIO POUR TOUJOURS
Jean-Paul Nozière.

L'ÉTÉ DES CONFIDENCES ET DES CONFITURES
Yves Pinguilly.

EXTRATERRESTRE APPELLE CM1
Catherine Missonnier.

LE GOUFFRE AUX FANTÔMES
Alain Surget.

LA GUERRE DES POIREAUX
Christian Grenier.

LA GUERRE DE RÉBECCA
Sigrid Heuck.

COLLECTION Cascade

11 - 12

Achevé d'imprimer en juillet 1994
sur les presses de l'imprimerie Hérissey à Évreux (Eure)

N° d'édition : 2467
N° d'imprimeur : 66054
Dépôt légal : juillet 1994